ぼくの世界博物誌

日高敏隆

集英社文庫

ぼくの世界博物誌

目次

ぼくの諸国漫遊博覧記

ぼくの博物誌

人間の文化、動物たちの文化

ぼくの世界博物誌

ぼくの諸国漫遊博覧記

マルクとフランとスイス・フラン

今では昔語りになってしまったあの東京オリンピックをその秋に控えた一九六四年の七月。東京農工大学農学部助教授であったぼくは、何と三四歳にして生まれてはじめて飛行機というものに乗り、生まれてはじめて外国というところへ行くことになった。行き先はフランス。日仏技術交流留学研修生としてであった。とにかくまだ一ドル三六〇円、国外への外貨持ち出しも一日何ドルまで、一歩外国へ出たら日本のお金は紙くず同然という時代だった。

飛行機もジェット旅客機がやっと就航したけれど、途中給油のためアラスカのアンカレジに寄る。そして北極点近くの上空を通り、一七時間あまりかけてロンドン、パリに着く。シベリア経由のほうが明らかに近いのだが、ソ連が絶対に通してくれなかった。

このはじめての外国行きからもう四〇年以上。その間にぼくはかなりあちこちを訪れることになった。そのほとんどがいわゆる公用なので、観光などしている時間はまったくというほどなかった。けれど、土地がちがえば文化がちがう。言葉もちがえば人もちがう。そこで感じる驚きは、たとえ小さなことでもぼくの心を打ち、そこから人間の生きかたについていろいろと思いめぐらすきっかけになる。それがぼくにはじつにおもしろかったし、のちのちの思索のよすがになった。そういうことを思い出すままに書きつづってみようと思う。

ぼくにとっての最初の外国であったフランス滞在の終わりごろ、ぼくは一九六四年一一月からパリを離れ、フランス東部、アルザス地方のストラスブールで三カ月ほど過ごした。

大学の研究室にはたくさんの若い助手や男女の大学院生がいて、いつも楽しくワイワイとやっていた。ぼくには第二の、というよりはじめての学生時代という感じだった。ドイツ（当時は西ドイツ）と国境を接しているアルザスは、時代によってドイツになったり、フランスになったりした地方。当時はフランスでありながらフランス語とドイツ語とドイツ語のすさまじい方言であるアルザス語の飛びかう、じつにおもしろいところであった。夕方になるとぼくらは車に分乗してライン川の橋を越え、ドイツの町ケールへくり出す。飲食代はフランスのフランとサンチームで支払い、お釣りはドイツのマルクとペニッヒでもらう。財布にはフランスとドイツのお金が入りまじっていた。

あるときぼくらはスイスまで遠出をした。帰りはドイツのアウトバーンを経てケールに出、そこからストラスブールへ戻ることにした。ケールで国境の橋にさしかかるとき、

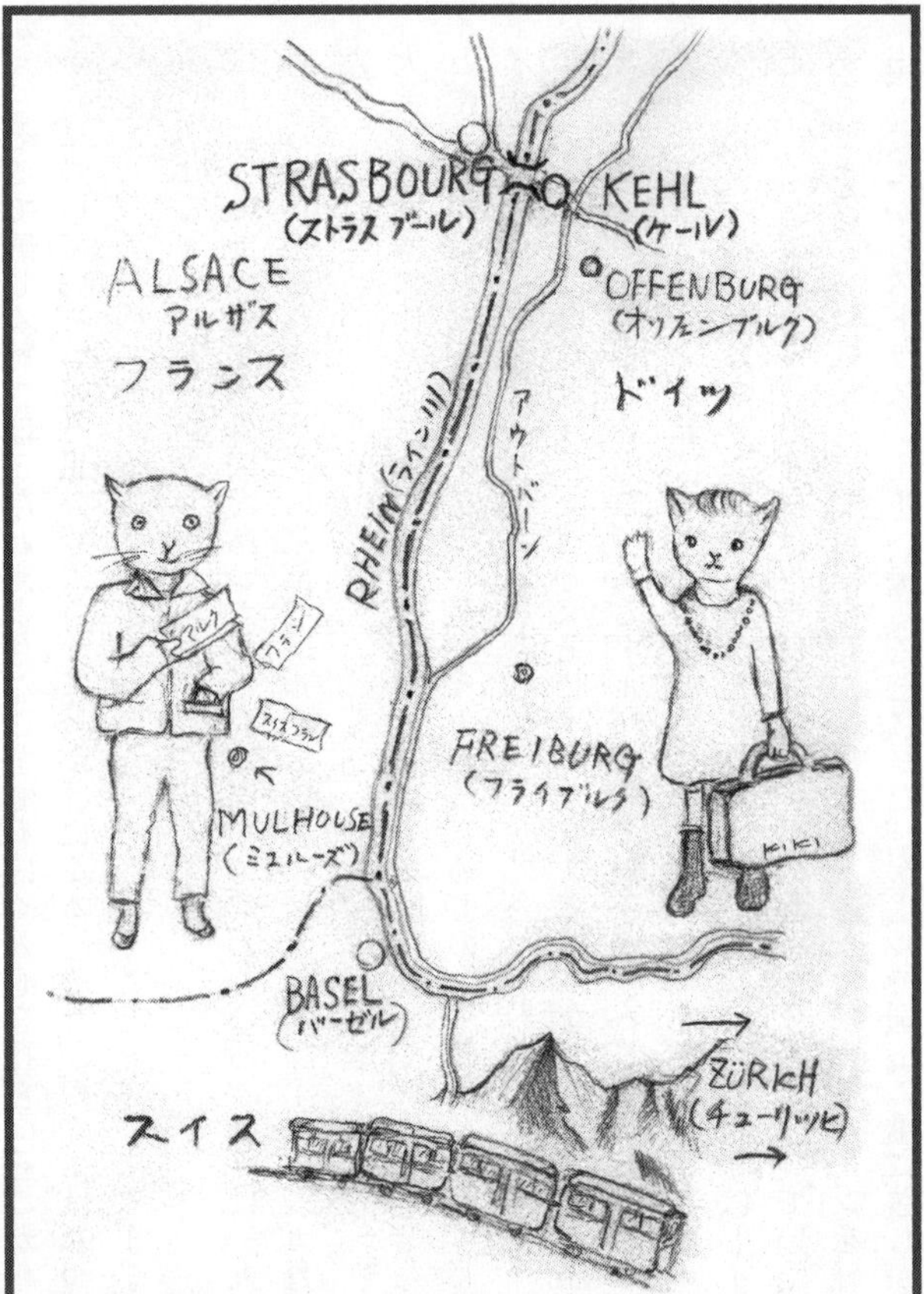
STRASBOURG
(ストラスブール)
KEHL
(ケール)
ALSACE
アルザス
フランス
OFFENBURG
(オッフェンブルク)
ドイツ
RHEIN(ライン川)
アウトバーン
FREIBURG
(フライブルク)
MULHOUSE
(ミュルーズ)
スイスフラン
KIKI
BASEL
(バーゼル)
ZÜRICH
(チューリッヒ)
スイス

信号は赤の点滅だった。ぼくらの車は徐行で進んだ。とたんにいかめしい制服を着たドイツの警官に「止まれ」と命じられた。

「信号を見ろ！　赤の点滅だぞ。一旦停止の規則違反だ。罰金五マルクを払え！」

ぼくらは当惑した。フランスでは赤の点滅は徐行なのだ。だからぼくらは徐行した。ところがドイツでは赤の点滅は一旦停止なのである。そういえばつかまっているのはみんなフランスの車だった。

「しかたない。五マルク払おうや」けれどスイス帰りのぼくらはドイツ・マルクは持っていなかった。あるのはスイス・フランだけ。しかたなくぼくらはスイス・フラン一〇フランのお札を警官に渡した。「オーケイ」といって彼は、フランス・フラン五フランのお札をお釣りにくれた。

車が走りだしてからよく考えてみるとどうも変だ。警官に請求されたのは五ドイツ・マルクである。当時一マルクは一〇〇円。つまり罰金を五〇〇円払えといわれたわけだ。

そこでぼくらは一〇スイス・フランを渡した。当時スイス・フランは一二〇円。だから一二〇〇円。そして警官からのお釣りは五フランス・フラン。当時、フランス・フランは七〇円だったから、三五〇円。

五〇〇円請求されて一二〇〇円渡し、三五〇円お釣りをもらったのだから、ぼくらは三五〇円、つまり五フランス・フラン分損したことになる。何とも釈然としない気持ちだった。

ＥＵ諸国がユーロで統一されたのだから、今後こんなことはもうおこらないだろう。でも何だか寂しいような気もする。そもそもぼくがこんな文を書くネタもなくなってしまうわけだ。

フランス式フランス料理

前項で述べたような次第でぼくがフランスへはじめて行ったのは、もう四〇年以上も前のことである。

フランスというと、だれしも高級なフランス料理のごちそうを思う。けれどぼくの第一印象はちがうものだった。

ぼくはずっとパリ郊外のルネ・ボードワン先生の家にいた。ボードワン先生はパリ大学の教授。アメンボのように水面にすむ昆虫の研究をしている変わった人で、先生が日本に来られたときお世話をしたのがきっかけとなって、ぼくを一年間フランスに呼んでくれたのである。

「フランスで家族なしに暮らすのは寂しいから、私の家に住みなさい」

先生はぼくにそういって、自分たちの家に家族同様にして住まわせてくれた。おかげでぼくは、パリの名所はほとんど見なかったが、フランスのフランス人の生活をかなりよく知ることができた。

まず驚いたのが朝食だ。前の晩、奥さんのヤニーは四つ割りぐらいにしたコーヒー豆を、ガラス製のポットに入れてグツグツ煮ている。コーヒーといえばサイフォンと思っていたのとは全然ちがうのだ。

朝早くガウン姿で起きてきたヤニーは、台所でそのポットを弱火にかける。そのとなりには同じく、ごく弱い火で温めている牛乳も。ぼくらはてんでに起きて台所へ行き、テーブルの上に置いてあるボウルにコーヒーを半分入れ、あと半分はミルクを注ぐ。つまりカフェ・オ・レだ。バゲットを何切れか切り、バターを塗ってカフェに浸しては食べる。それだけだ。

ところがこれがむちゃくちゃにおいしいのである。濃くて苦いコーヒーとおいしいミルク。大きな角砂糖を五、六個入れる。バゲットはうまいし、バターもうまい。日本の似たようなものとはまったくちがっていた。

日曜日は家族揃《そろ》っての昼食と夕食。テーブルの上にはスープ皿が一枚。それに当然ながらナイフ、フォークとスプーン。めいめい自分のナプキンを持ってきて席につく。台所からヤニーがスープの鍋を持ってきて、めいめいの皿につぐ。

「バター入れますか？」

食事が始まったらにぎやかだ。みなわれ先にと話しだす。そして会話は見事だった。スープが終わったらパンで皿をぬぐう。次は魚か肉料理。ヤニーがそれをスープ皿に入れる。肉や魚はナイフとフォークでみんな切ってしまい、ナイフを置いてフォークを右手に持ち替える。そして左手にバゲットをちぎって持ち、それで魚や肉をおさえながら右手のフォークでつきさして食べる。料理を一口食べるごとにパンを食べ、また新しくパンをちぎって左手に持つ。ヤニーの料理は抜群だった。

料理を食べ終えたら、また皿をパンでふく。次はサラダだ。レタスにドレッシングをかけただけのサラダがまたすばらしくおいしい。しっかり歯ごたえのあるレタスに酢とオリーブオイルと塩だけの単純きわまりないドレッシング。日本では何であんなに不必要に手をかけて、しかもおいしくないのだろう?

次はデセール(デザート)だ。このときはさすがに皿を小さいものに替える。デセールはたいていチーズか果物。チーズはカマンベールやロクフォール、ときにヤギのチーズなど、さすがすごいのが何種類かだったが、果物はかなり貧弱だった。

そこでみなが食卓を離れると、ふたたびヤニーの声がする。「カフェ・エ・セルヴィ(コーヒーが入りましたよ)」

要するに食事は洋食のフルコースだが、使った皿はデザートのを別にすれば各自一枚だけ。日本だったら何種類いることか。

もちろん、お客さんのときはちがう。みなきちんと正装して、皿も次々に替える。しかし奥さんは料理をちゃんと作りながら、それを運んできて席に座り、会話に加わる。

日本だったら奥さんはたいていただの料理人になってしまうのに。

「ぼくらは日本で料理の作法をきびしく教わりました。ナイフやフォークは外側からとか、スープの飲みかたとか」とぼくがいったら、ボードワン先生は笑った。「それはイギリス式だ。イギリスは料理がまずいから、うるさい作法でごまかしている」

フランスの子どもが家庭できびしく教わるのは、「食事のときは、左手にパンを持って！」ということと、「だまって食べずにみんなとお話しなさい」ということだけだそうだ。

コタキナバルのコピー

前項には、ぼくがはじめて食べて感激したパリの朝めしのことを書いた。コーヒー（カフェ・オ・レ）とパンとバターの朝めしがどれだけおいしかったことか。それですぐ思い出したのは、これもはじめて食べて感激した、コタキナバルの朝めしである。

コタキナバルというのは東南アジア・ボルネオの北部にあるマレーシア・サバ州の州都である。ボルネオは今ではカリマンタンと呼ばれる世界で三番目に大きい島。ちなみに一番大きいのはグリーンランド、二番目がニューギニア、その次がカリマンタンだ。ややこしいことに、カリマンタンは大部分がインドネシアに属するが、北部はマレーシアのサバ州とサラワク州になっている。そのサバ州の州都がコタキナバルなのである。コタキナバルの住民は大部分が広い意味でマレー系のカダザン人その他。しかし中国人もたくさんいる。食いもの屋はそのほとんどが中国人の店である。

文部省科学研究費で熱帯の動物調査をおこなっていたわれわれは、毎朝七時頃、中国

人の店へ朝めしを食べにいった。

朝めしにはブブール（おかゆ）もあるが、一般にはミー・スープ、つまりラーメンだ。ただしこのラーメンには鶏肉や肉のつみれなどもたっぷり入っていて、日本のラーメンとはまるで趣もちがうし、栄養もある。

こういう中国人系の食いもの屋は、食いもの屋と飲みもの屋が組になっていて、家族・兄弟でやっている。普通、兄のほうが食べものを売り、弟のほうが飲みものを売る。だからぼくらが店に入っていくと、まず兄貴のほうの店の人がきて、「アパ・マカン？（何食べる？）」と聞く。「ミー・スープ」と答えると、つづいて弟のほうがやってくる。「アパ・ミヌム？（何飲むか？）」仲間がみんな「コピー」と答えるので、ぼくもそれにしたがった。コピーとはマレーシア語のコーヒーである。

まもなく持ってこられたコピーに、ぼくはびっくりした。大きなガラスのコップの上のほう約三分の二はたしかに黒いコーヒーだが、下三分の一は白い。この白い部分はコンデンス・ミルクなのだ。よく見るとその底にはたっぷりと砂糖が入っている。

サバ州には牛乳というものがない。すべて甘い、どろりとしたコンデンス・ミルクを使う。のちにコタキナバルの高級ホテルで食べたコーンフレークにも、どろりとコンデンス・ミルクがかかっていた。

いわれるままにコピーをさじでかきまぜ、全体に白くなったカフェ・オ・レを飲むと、これがじつに甘い。もともと甘いコンデンス・ミルクに砂糖がたっぷり入っているのだから、無理もないことだ。

そこへミー・スープつまりラーメンが持ってこられた。ぼくは一瞬困惑をおぼえた。この甘い甘い大量のコーヒーを飲みながらラーメンを食うのか？　いったい、どんな味になるのだろう？

けれどそれは要らぬ思いすごしであった。ミー・スープはむちゃくちゃにおいしく、とても日本のラーメンの比ではなかった。そして二口、三口ラーメンを食べては飲むコピーのうまいこと。この不思議な味のとり合わせは絶妙だった。ぼくは初日からこの朝めしのとりこになってしまった。

サバのスタンダードの朝めしとしては、ミー・スープと並んでミーフン・スープというのがある。麺がビーフンなので、もっとうまい。ただし値段は多少高く、しかもすぐ売り切れるので、朝六時半頃に行かねばありつけない。

ブブールもうまかった。持ってこられた丼を見ると、ただの白いおかゆである。何だこれは？　と思ったが、レンゲで掘ってみると、底には鶏肉（アヤム）がたっぷり入っている。それもほんとの地鶏でじつにうまいのだ。

一〇年にわたってほぼ一年おきに調査に訪れたサバの朝めしが、今も懐かしい。

だが残念なことに、何度目の年だったかアヤムの味がそれまでより格段にまずくなった。聞けばサバにもやっとブロイラーが入ったとのこと。店の人は「これからは商売が楽になる」と喜んでいた。

サバのバス・ミニ

バス・ミニとはミニ・バス、つまりマイクロ・バスのことである。マレー語では形容詞が名詞の後に来るからこうなるのだ。

町のタクシー運転手は、少しお金がたまると車をマイクロバスに買い換えて、バス・ミニを始める。鉄道というもののないサバではバス・ミニが唯一の交通機関であるが、はじめてこれに乗ったときは驚きの連続であった。

バス・ミニは普通、町の市場のところから発車する。多く乗ったのは州都コタキナバルから昔の王都サンダカンへの往復、そして南部のタワウから西のブルマス植林地への往復であった。

出発はたいてい朝であるが、発車時刻はだいたい八時ごろというだけで、ほんとうにいつ走り出すかはわからない。それは補助席をあわせて二〇席ほどのバスが、完全に人でいっぱいにならないと発車しないからである。

同じ行き先のバスは何台も停《と》まっており、おのおの運転手が必死で乗客の呼び込みをやっている。たとえばサンダカンからコタキナバル行きだったら、運転手はバス乗り場にやってくる人々に向かって、大声で「ケーケー、ケーケー」と呼ぶ。ケーケーとはＫＫ、つまりKota Kinabaluの略称である。あたりはケーケー、ケーケーという叫びに満ちあふれ、事情を知らない人だったら何事かと思うだろう。

ほぼ満員で、もう二、三人客が来たら発車するだろうというバスを見つけて乗り込んだ。ところがあとから来たおじさんが、車内の知り合いに声をかけた。「あっちのにしろよ！」そこで七、八人がどやどやと降りて、べつの車に移ってしまった。そしてその車は発車。ぼくが乗っていた車は、それから三〇分たっても走り出さなかった。

ケーケーからサンダカンへ行くはじめてのとき、やっと走り出したバスの中は、すべてマレー系の人たちばかりだった。言葉はマレー語だけ。英語なんて通じない。みんな大きな荷物をかかえている。町で買って山の中の家へ持ち帰るものだ。

暑いから窓は開け放し。けれど、ときどき木材を満載した大型トレーラーが猛烈な土ぼこりをあげてやってくる。車内の人々は悲鳴に近い声をあげて大急ぎで窓を閉める。そして通りすぎたらまた開けて風を入れる。

そのうちに乗客の一人がわめいた。見ると、足をゆわえて持っていた一〇羽ばかりのニワトリの足のひもが切れ、バスの乗客の頭をかすめて飛びまわりだしたのだ。「窓を閉めろ！」とだれかが叫ぶ。鳥をつかまえるので大騒ぎをしている中、バスは凸凹《でこぼこ》道を

がたがたと突っ走っていく。こんな光景に出会ったのははじめてだった。

タワウからのときも滑稽だった。町はずれの電気屋の前で、客の一人が止めてくれといった。客は降りてその店へ入っていく。扇風機を買おうというのである。次々に何台も持ってこさせ、回転させてぐあいを見ている。その間ぼくらはじっと待っていた。次に町の最後のスーパーの前へ来た。今度は運転手がそこで買い物に降りてしまった。大きな袋をかかえて彼が戻ってきたのは、かれこれ二〇分後。おまけに彼は何か小さな包みも持っている。運転席の近くの人々に話しているのを聞くと、それを途中の町のだれとかに届けてくれと頼まれたらしい。

やがてバスがその小さな町に着くと、運転手はその包みをかかえて降りていった。そして道から少し離れた家へ入っていった。ところが当の相手は外出中だったらしい。家の人がだいぶ離れたほうを指さしている。うなずいた運転手はそちらへ歩きだし、教えられた方向へ遠ざかっていく。僕らもバスから降り、手足を伸ばす。ものの三〇分近くしたろうか、やっと運転手が戻ってきた。

途中で乗った人が「しまった、忘れ物をした。おれの家に寄ってくれ」といったので、大まわりをしてその人の家まで行ったこともある。

けれど不思議なことに、だれ一人として怒ったりしない。人々に時間はゆっくり流れているらしく、いらついていたのはぼくだけであった。

こんなバス・ミニの旅にもたちまちのうちに慣れ、楽しく懐かしいものになった。今でもサバにはこんなバス・ミニが走っているだろうか？

極北の島　スピッツベルゲン

毎年、夏になると思い出すのが北極スピッツベルゲンで過ごした日々である。

スピッツベルゲンはノルウェー領の北極圏にあるスヴァルバール諸島のかなり大きな島であるが、その緯度は北緯八〇度に近い。

つまり、あと一〇度で北極点という、世界でもっとも北にある島である。

ぼくがそこを訪れたのは一九九二年七月のこと。国立極地研究所北極センターの仕事として、北極なるところを体験しに行ったのである。全部で二週間という短い期間だったけれど、それはじつに興奮する日々であった。

北極へ行ったというと、すぐ聞かれる――「オーロラは見ましたか?」

とんでもない。七月は北極の真夏。一日中が昼間である。オーロラが見えるはずはない。

すると、たいていこういわれる――「ああ、白夜ですね?」

そのとおりだが微妙にちがう。そもそも夏の北極には夜などまったくないのである。

MATPEШKA
グリーンランド
アラスカ
北極海
北極点
スヴァルバール群島
スカンジナビア半島
ロシア
World's northernmost Post office
JAPAN

夜の二時でも三時でも、太陽が真上からこうこうと照っている真昼間なのだ。

夜がないのだから、夜は自分で作るほかはない。時計が一時を指したら、部屋の窓の厚いシャッターをぴったり下ろす。そして電灯を消し、夜を作って眠らなかったら、たちまち寝不足になってしまう。

冬のスピッツベルゲンはこの正反対になる。太陽はまったく現れず、一日中夜の闇である。朝というものが来ない生活はどんな気分になるものか、ぼくには想像ができなかった。

スピッツベルゲンの中心の町ロングイヤービーエンでは、建物の色がすさまじかった。まっ青一色の建物のとなりは真紅の家。まっ黄色な家もある。夜しかない冬の四カ月ほどは、こうして気をまぎらすほかないのかもしれない。

真夏とはいってもやはり北極である。一年中でいちばん暑い七月の二〇日ごろなのに、気温は零度。うんとよく晴れたときに二度となる。三度まで上がることは例外的だった。

そして抜けるような青空がいきなり曇って雨になり、たちまちにして雪に変わる。

まわりの山々はスピッツベルゲンという名（ドイツ語で尖《とが》った山という意味）のとおり、すべてけわしくそそり立って氷河におおわれている。そしてその肌には新雪なだれの跡が並ぶ。とうてい夏とは思えない光景であった。

けれどこんな極地なのに、北アメリカからの暖流が島の西側まで来ているので、平地には雪も氷もなく、可憐《かれん》な高山植物が咲き乱れていた。その美しさは本当に心を打つものがあった。

そして鳥たちの多いこと！　島の絶壁からは何ともいえぬざわめきが聞こえてくる。それは岩壁の凹《くぼ》みに巣をかけた無数の鳥たちの声であった。

こんな極北の島になぜいくつか町があるのだろう？

それは炭鉱のおかげである。ロングイヤービーエンもアメリカ人ロングイヤーによって拓《ひら》かれた炭鉱の町。ビーエンはノルウェー語で町という意味だ。石炭を運ぶ鉄道も敷設されている。

その近くには旧ソ連が採掘権を持っていたバレンツブルクという炭鉱があり、二五〇〇人の旧ソ連の人々が働いていた。その炭鉱街の温室や養豚場の乱雑さは、さすが旧ソ連と思うほかはなかった。まだ残っていたレーニンの像だけが、きちんとした姿を保っていた。

北極観光船がバレンツブルクの粗末な港に着くと、そこには旧ソ連人たちが集まって市場ができていた。北極ルーブルという外貨と交換できない紙幣で給料を払われている彼らは、何とかして少しでもノルウェー・クローネを手に入れたいのだ。

それぞれの家から送られてきたロシア諸国のじつにさまざまなものが売られていた。おなじみのマトリョーシュカ人形や派手なサラファン、昔のマッチや古い絵はがき、ソ連時代の軍服・軍帽から、果てはソ連共産党員証まで。うっかりロシア語をしゃべってしまったら、たちまちいいカモとばかり、これはどうだ？ これは？ とすすめられる。結局、ノルウェーの極北のスピッツベルゲンで、旧ソ連で流行していたレーニンのバッジを二〇個も買うというはめになった。

サンダカンとオランウータンの子どもたち

夏のものすごい暑さを毎日味わっていると、ボルネオ島のマレーシア・サバ州サンダカンのことを思い出してしまう。

世界地図で見ると、ボルネオ島はタヌキが右向きに座ったような形をしている。その右を向いたタヌキの頭の先あたりにサンダカンはある。

現在、サバは連邦国家マレーシアの一員としてサバ州という州になっているが、かつてはイギリス領北ボルネオとして、一つの王国であった。そして、その都がサンダカンであった。

今、サバ州の州都はコタキナバルで、州政府の官庁はすべてここにあるが、どういうわけか森林省（林野庁）だけは今も旧都サンダカンにあり、その管轄下の研究所なども、みなサンダカンにある。

ぼくが東京農工大学から京都大学に移ってすぐ、京大におられた昆虫学者の吉井良《よしいりよう》三《ぞう》先生が京大を定年退官され、ＪＩＣＡ（国際協力機構）の専門員としてサバ州森林研究所の昆虫学部長になられた。そして、先生が京大時代に主導しておられた文部省科学研究費による海外学術調査班を、ぼくが引きつぐことになった。

そういういきさつで、それから一〇年あまりの間、ぼくは何回もボルネオに赴き、サンダカンをベースにして研究・調査をすることになったのである。

旧都サンダカンは州都コタキナバルとちがって古い町であった。港に面して市場があり、その前から各地へ向けてバス・ミニが出ていた。サンダカンというと山崎朋子《やまざきともこ》さんの小説で有名になった八番娼館《しょうかん》の名が浮かぶ。そしてそこで働いていた日本人娼婦たち(からゆきさん)の墓のことも。

八番娼館はもうなかったが、ダウンタウンの一角には、昔ここに八番娼館があったという場所があった。ぼくらはときどきそのあたりへ出かけ、何やら怪しげな雰囲気を感じる中で、サンダカン在住の日本商社の人たちや日本の青年海外協力隊の人たちと、酒を飲んで語り合った。

日本人墓地は町のはずれの山の中腹にあった。この墓地が見つかってから、訪れる多くの日本人のために道も整備されたという。サンダカンに着いてすぐ、ぼくらもそこに案内された。海を見下ろすようにして立つそれらの墓に、ぼくらは複雑な思いで手を合わせた。墓は日本に背を向けて立っていた。それが不思議だという人もいたけれど、この地形では止《や》むを得なかったのであろう。

サンダカン
SABAH

サンダカンの郊外にはセピロクの原生林がある。その入口にあたるところは、人間に親を殺されたりして孤児となったオランウータンを、大切に育てて森へ返してやる、オランウータン・リハビリテーション・センターとなっている。

原生林での調査の往《い》き帰り、ぼくらはここへ立ち寄って、オランウータンの子どもたちを見るのが楽しみだった。

オランウータンの子どもたちはすっかり人慣れしてしまっていて、何匹かが森の中で遊んでいてもぼくらが通るのを見るとすぐ出てくる。そしてぼくらの腕に手をかけて、「森へ行こう」と引っ張っていく。その力はものすごく強く、何とか振り切るのはたいへんだった。

ある日、ぼくらのいた森林研究所に、日本人の女の子が連れてこられた。聞けば関西のある高校の生徒で、このセンターの記事を日本の新聞で読み、矢も盾もたまらずここまで来てしまったという。英語もマレー語もできないのにずいぶん無謀なことをする子だなあと思ったが、とにかくみんなで相談の上、なんとか宿所を探して何日か面倒を見ることになった。

朝、ぼくらの車でその子をセンターに連れていく。彼女は喜々として森の中へ入っていく。夕方、迎えにいくと、「きょうはオランウータンに咬《か》まれました」という。「え、大丈夫？」「大丈夫。ちゃんと心得た甘咬みですよ」

聞けば彼女は、オランウータンの子と、森の木のつるにぶら下がってターザンごっこをしたらしい。両側からつるにすがってさーっと近づいていき、そこで脇のつるをつかんでさっと身をかわすべきところを、ドシーンとぶつかってしまった。それでオランウータンの子に叱られたというわけだ。

それから約一週間、彼女は忘れ難い夏休みを心から楽しんで、日本に帰っていった。

ギリシアの石の島

ぼくにとってギリシアは、いちばん行ってみたい国の一つだった。一九九九年の八月、珍しく八日間という長い休みが取れたので、妻のキキと娘レミとの三人で、念願のギリシアを訪ねることになった。

けれどギリシアのどこへ行くか。バルカン半島南端から多島海ともいわれるエーゲ海の三〇〇〇の島々まで、たくさんのギリシアがある。そして歴史で習ったように、島ごとに都市ごとにちがう文化。何日もの議論の末、やっと日程が決まった。

八月八日、エールフランスのパリ経由でアテネに着く。もう夜だ。「カリスペーラ(今晩は!)」とホテルに入る。大昔、大学生時代に習った古典ギリシア語では、カロスはgood、ヘスペラはevening。現代ギリシア語ではそれがカリスペーラになる。ああ、ギリシア語を勉強しておいてよかった。町のギリシア文字の看板がたいていわかる!

翌九日はまずリカビトスの丘へケーブルで登って、アテネの町の全貌を見る。チョウやセミを捕ろうとしたが果たせなかった。それからパルテノン神殿とアクロポリスだ。

登っていく道はずっと石で、暑い。オリーブの木などもあるのだが、木陰を作るというほどではない。そういう木ではセミがやかましく鳴いている。かつてギリシアのアリストテレスは、「セミの男たちは幸せだ。彼らの妻たちはしゃべらないからだ」といったとか。そんな話を思い出しながら着いた神殿はほんとにすごいものであった。夜はバスに乗って野外劇場へ。二〇〇〇年も昔から、ギリシアはすごいなあ。

八月一〇日。アテネを飛び立って、クレタ島のヘラクリオンへ。クレタは大きな島である。とにかく目指すはクノッソス宮殿。よくぞまあ石でこれだけの建物を建てたものだと感動したが、ひと休みして向こうの山を眺めると、山は石ばかりだ。木なんてほとんど生えていない。これでは石で神殿をつくる他はないだろう。昔読んだギリシア神話では、林の中の小川で若く美しいニンフたちが水浴びしていたとか。あの石ばかりの山にそんな小川がどこにあるのだ？　木はあまりないのに、セミの声はやかましいほどだった。

翌一一日。ホテルの前の浜に出て泳ぐ。静かな海に浸《つか》り、遠くを眺めながら、ここはエーゲ海だ、エーゲ海で泳いだぞ、と満足する。

浜では何人かの男が紙で作った眼鏡のようなものを売り歩いている。そうだ、今日は日食なんだと気がついた。ホテルへ戻ってフランス人一家に話しかけ、ついでに紙眼鏡を借りて日食を見た。ここギリシアでは皆既食ではなかった。

翌日、また飛行機でミコノス島へ。クレタ島に近いサントリーニ島にはネコがたくさんいるというので、そちらにしようかとも議論しあったのだけれど、結局はデロス島に渡れるミコノスにした。これは正解だった。ミコノス島にもネコはたくさんいたからである。あっちこっちにいるネコにえさをやったりして、けっこう楽しんだ。

ミコノス島は小さな島の常として、水がなかった。ホテルの部屋にシャワーはあったが、トイレに紙は流してはいけない。便をふいた紙をくず箱に入れるのには抵抗があった。水がなければ電気にも困る。島の坂道を歩きながら町を見下ろすと、ほとんどすべての家の屋根に、太陽発電のパネルがあった。

ミコノス・タウンは楽しかった。小さないろいろな店があり、一つずつ入っていたらきりがない。夜になっても観光客でタウンのにぎわいは果てしなかった。

いよいよギリシアの最終日は、デロス島だった。アポロンの生地とか女神アルテミスの神殿とかさまざまな逸話のある小デロス島。ミコノス島の港から小さな船に乗った。半時間ほどで着いた船着き場から島を見ると、すべて石ばかりの土地である。そこに石の建物が建物としてではなく崩れ落ちた廃墟《はいきよ》として延々と連なる。有名なライオンの像はそのままに残っていた。といっても、アフリカのほんとのライオンとはずいぶんずれた、ギリシアのライオン像であった。

ひとくちにギリシアといっても、島ごとにたくさんのギリシアがあったのだろう。その複雑な関係の中に、あのギリシア文化が栄えたことを考えると、今の日本はあまりにも東京中心にまとまりすぎているのではないか？

そんなことを考えさせられた八日間のギリシアの旅であった。

火山とカバと裸の村　ヴァヌアツ

一九九八年の八月の初め、家族で南太平洋のヴァヌアツへ短い旅をした。

ヴァヌアツはニューカレドニアの北東にある数十の島からなる新しい独立国だ。昔の地図にはニューヘブリデス諸島として載っている。

まずフランス航空の直行便でニューカレドニアのヌーメアに着く。ここはフランスの植民地ではなく「海外県」。そのとおり、言葉もフランス語、雰囲気もまったくフランスだった。

そこから少し小さい飛行機に乗って一時間ばかり。ヴァヌアツに到着した。

ここは英語が公用語。しかし住民の言語はいわゆる南太平洋での共通語ともなっているピジン・イングリッシュのビスラマ語。歴史的にも複雑なところだった。

WHO（世界保健機関）の職員としてマラリア対策の仕事をしていた友人の一盛和世《いちもりかずよ》さんに会う。彼女のすすめで、まず南のタンナ島を訪れた。

驚いたのは島の火山。タクシーを降り、がらがらした溶岩礫《ようがんれき》の道を踏んで山に登る。

やがて噴火口だ。柵一つない火口壁のふちに立って見下ろすと、すぐ真下で真っ赤に熔《と》けた溶岩がごぼごぼいっている。落ちたらそれきりだ。思わず二、三歩引き下がったとたん、ドーンという轟音《ごうおん》とともに、火口から煙が空高く噴き上がった。「世界でいちばん噴火口に近い山」というのが自慢だというが、それにしても恐《こわ》かった。

カルチュラル・ヴィレッジにも驚いた。ヴァヌアツの人々は昔、みなほとんど全裸で暮らしていた。その生活を今でも保っている人々がいる。政府はこの文化を維持しようとして補助金を出しているそうな。ぼくらのタクシーが高い入山料を払ったのも、その一助だった。

着いてみると、男も女も子どもたちも、みな腰に辛うじて草を巻きつけているだけの裸である。地べたに広げたむしろのようなものの上に、彼らが作った彫り物や、村で飼っているブタの牙などを並べて売っている。これが彼らの唯一の現金収入になるのだとか。

そのうちに踊りが始まった。男と子どもが地面を強く踏みつけながら踊る、激しいが単調な踊り。そしてそのまわりを女たちが、乳房の揺れを手で押さえながらぐるぐると踊ってゆく。昔、南米の「裸族」と呼ばれる人々の話を読んだことがある。あのときは半信半疑に思ったが、今、ヴァヌアツのこの村で実際に踊っている裸の人々を目にすると、あれもほんとの話だったのかなと思った。

Kava Bar

踊りが終わると、みなぼくらのところへやってきて握手を求めた。ぼくは一人ひとりの手をしっかり握った。

一盛さんの話では、こういう人たちは何かの会合のときに、そのままのかっこうで出てくるという。だから、服を着た人と裸の人が入りまじって会議をすることになるのだが、だれも気にしないそうである。おもしろい文化だなと思った。

夕方ももう暗くなったころ、同じツアーのタクシーで宿へ帰った。その途中で運転手が、あれがカバ・バーだと教えてくれた。「行ってみたい」というと、「じゃ行こう、俺も行きたい」。

カバとは正しくはカヴァ。コショウに近いヤンゴナという木の根を砕いて水を注いだものだ。カバにはある種の沈静化作用と過敏化作用がある。これを飲んでじっと物思いにふけるのがたまらなくいい気分だというので、南太平洋の島々で愛用されている。友人・知人を集めてカバ・パーティーを開くことも多いそうだ。

小屋の中はうす暗く、だれもしゃべらない。砂を敷いた床に立って、カバの入った容器をもらう。一口飲むと、口の中がしびれてきた。いわれたとおり、床の砂にペッと吐く。

アルコール気はまったくない。味もない。およそうまいというものではない。こんなものがどうして好まれるのだろう。ぼくにはどうも理解できなかった。

がまんして少しずつ三口、四口飲んではみたものの、さっぱり乗ってこない。諦めてそれ以上飲むのをやめた。とにかくだれもしゃべらない。みな黙々と飲んではペッと吐き出している。とてもバーという感じではなかった。

公認のカバ・バーは女人禁制だが、妻と娘は観光客だから入れたのだろう。貴重な体験だったけれど、まだ慣れていないぼくらは、とてもいい気分を味わうには至らなかった。いずれにせよ、これも不思議な文化である。

ソウルで迎えた新世紀

今年はいちばん近い韓国へ行こうよというので、また駆け足でソウルを訪ねた。二〇〇〇年の暮れであった。二〇〇一年、つまり二一世紀の正月を、そこで迎えたい。そんな気持ちがぼくにはあった。

空港からタクシーで、ナンデムン（南大門）に近いからとったヒルトン・ホテルに向かう。ホテルに荷物を置き、早速に町へ出る。とにかく南大門市場だ。強引な客引きがいるとガイドブックには書いてあったけれど、とくにそんなこともなかった。いろいろな店を見て歩くのは、じつに楽しかった。けれど寒かった。

夕方、娘レミの大学時代の知人ノー君と、ホテルで落ちあう。これから屋台での夕食に連れていってもらうのだ。

ここにしようというノー君の言葉にしたがって、南大門市場のとある店に入った。飲みものはグリーン焼酎。なかなかうまい。食べものはいろんなものを食べた。ノー君がいろいろ説明してくれるのだが、とても憶《おぼ》えきれない。とにかくおいしかった。飲

南大門

みすぎたノー君はぼくらをホテルの部屋まで送ってきてくれて、そのまま泊まり込んでしまった。

翌三一日にはインサドン(仁寺洞)へ。京都でいえば寺町のように、古美術とか筆とか、伝統的なものを売る店がたくさんある、とガイドブックには書いてある。適当なところでタクシーを降り、見まわすとほんとにそのとおりだった。

一軒一軒の店に入っては、朝鮮文化の重みを感じる。昔こういうものが日本に入ってきて、中国から直接に来たものとともに、日本を変えていったのだなと、しみじみ思う。かつてぼくらが東京に住んでいたとき訪れた埼玉の高麗郷《こまごう》のことや、滋賀県立大学学長時代によく車で走った朝鮮人街道のこと、そして現在までの日本と朝鮮との関係のことを考えると、何か胸が痛くなってきた。

とにかくどの店に入っても、買いたいものがいろいろある。レミはしっかりした紙でできた伝統的な紙皿を何枚か買った。それを包んでくれたラッピングの紙もすてきだった。

妻のキキは、筆を一〇本も買った。日本にはちょっとないようなもので、しかも安かった。和紙ならぬ朝鮮紙もいろいろあった。

昼はちょっとした店に入ってプルコギを食べる。変にモダンな感じにしてあったが、おいしかった。

茶碗《ちゃわん》を売っている店もあった。日本のとも中国のともちがう感じのものだった。この三つの国に共通で、しかも国による特徴のちがい。これはいったい何なのだろう？　茶碗の店には茶房があった。そこでぼくらはそれぞれに変わった茶を選んで飲んだ。キキは、なつめ茶を、レミは松の実茶を、そしてぼくはオミシ茶を。オミシ茶はチョウセンゴミシという木の実のハーブティーで、甘味があってうまかった。

帰りに通ったクァンファムン（光化門）の近くには、露天にたくさんの椅子が並べられ、年越しの催しの準備がされていた。夕食に焼き肉を食べて、キキとレミはこの催しを見にいった。ぼくはあまりに寒いのでホテルへ戻り、催しはテレビで見ることにした。

これは正解であった。現場はあまりの人で、遠くから背伸びして見るのが精一杯だったらしい。テレビでは舞台も歌手たちの姿も大写しで見られる。二一世紀へのカウントダウンにつづいて、何とカルミナ・ブラーナの運命の曲！　ぼくはびっくりした。この曲を選んだ人々はその歌詞の意味を知っていたのだろうか？　そのあとは歌、歌、歌。紅《あか》い服のものすごくセクシーな女の歌手が「ヴィヴァ」といういうえらく現代的な曲を歌ったかと思うと、黒い服のまじめそうな女の子が出てきて「This is my life, my soul」を歌う。

元日は繁華街のミョンドン（明洞）へ。京都でいえばさしずめ新京極《しんきょうごく》だ。あまりに寒いのでレミは白いコートを買った。日本製だった。ハンガン（漢江）を渡って、えらく近代的なアックジョンドン（狎鷗亭洞）へも行った。

どこへ行っても見るもの見るもの珍しく、しかも親近感のある楽しさ。思い出してみると、ソウルの周辺部は高速道路、橋、ビルと、公共工事のまっ最中といった感じだった。かつての日本の姿がそこにあった。

サンドイッチとサンドウィッチ

うすく切ったパン二枚の間にハムや卵や野菜をはさんだ食べものをサンドイッチというが、これを発明したのは一八世紀イギリスのサンドウィッチ伯爵だといわれている。大のトランプ好きだったサンドウィッチ伯爵は、食事の暇も惜しみ、トーストしたパンにコールドビーフをはさんで、トランプをしながら食べることを思いついたそうな。それでこういう食べものがサンドイッチと呼ばれることになったと、ものの本には書いてある。

けれどパンの間に肉などをはさんだ食べものは、もっと昔から存在していた。試みに平凡社の世界大百科事典でサンドイッチという項目をひいてみると、じつにさまざまなサンドイッチがあることがわかる。でも、たぶんいちばんの原型は、やはりうすく切ったパン二枚の間に肉や野菜をはさんだものだろう。今から四〇年ほども昔、日本に普通にあったサンドイッチを食べながら、ぼくはずっとそう思っていた。

それからしばらくして、ぼくはフランスへ留学した。前にも書いたとおり、生まれてはじめての外国である。これが話に聞いていたあれか、と感激することばかりだったが、ときどきはびっくりすることもあった。

その一つは昼どきに、あるカフェ・バーに入ったときだった。カフェ・バーといっても軽食はある。何をたのんだらよいかまだよくわからなかったから、知っているものをと思って、「サンドウィッチ」と注文した。「サンドウィッチ? ウィ、ムッシュー」

ところが出てきたのは、半分ぐらいに切ったバゲット、つまりあの長いフランスパンであった。手にとってみると、バゲットは二つに割ってあり、間にハムがずっとはさんである。パンのほうにはバターがごってりと塗ってある。

まわりを見ると、何人かそれと同じものを食べている。右手あるいは両手でバゲットを持ち、反対側からそれを丸かじりしているではないか! 若い女の子もいたけれど、同じように丸ごとかぶりついていた。

そこでぼくも同じようにかぶりついた。何とそのおいしいこと! バゲットの皮は固いけれど、ぎゅっと噛《か》んだら何ともいえないあのパンの味。そして中のハムがうまい。日本のハムでは今なお味わったことのないおいしさだ。そしてパンに塗られたバターの味と香り。これも今なお日本のバターで感じたことのない、ほんとにバターらしいうまさだった。

単にバゲットを二つに割ってバターを塗り、ハムをはさんだだけのこのシンプルな、

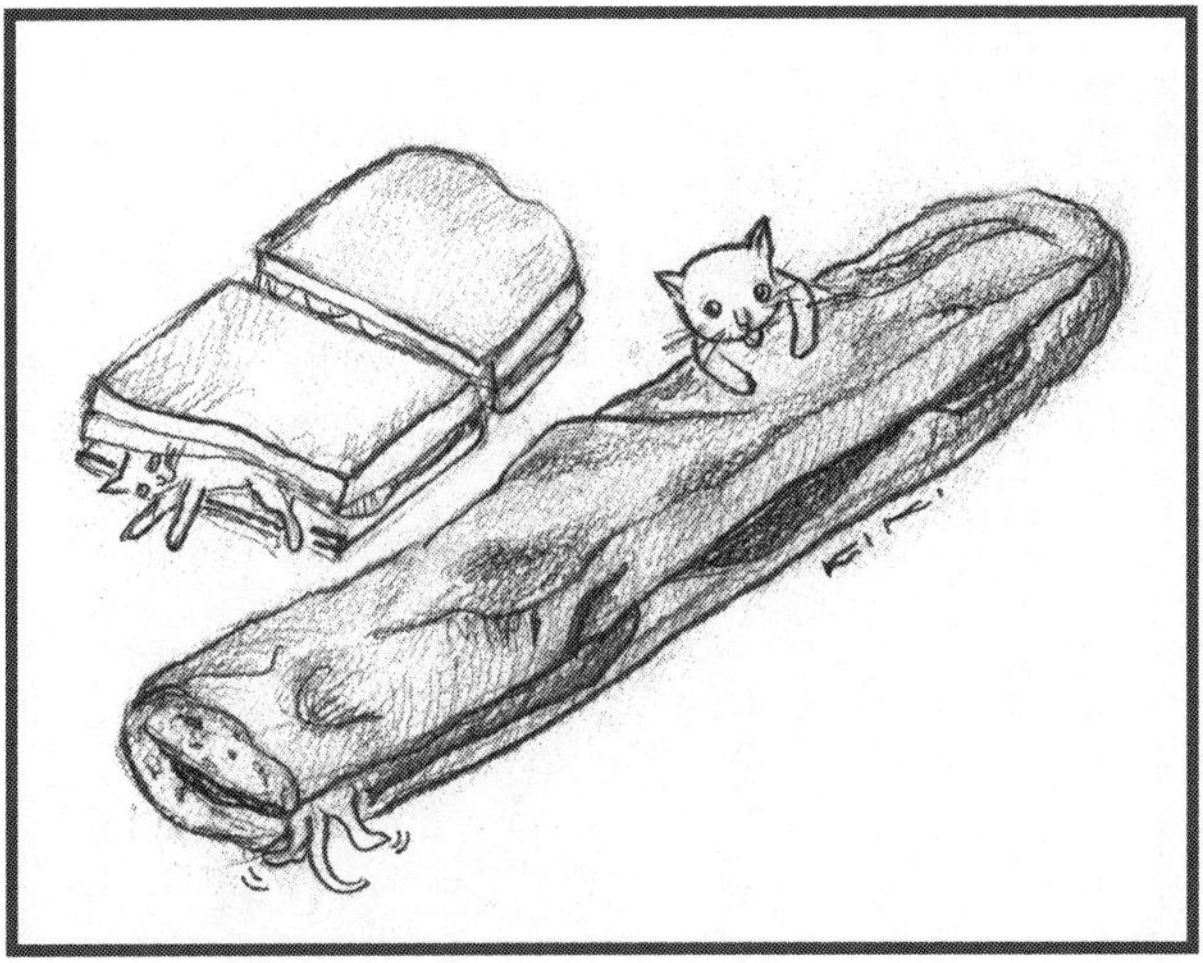

そして日本で思っていたサンドイッチとはまったくちがうフランス式サンドイッチに、ぼくはいっぺんで魅了されてしまった。それからというもの、ぼくはフランスのカフェ・バーで昼食をとるときは、必ず「サンドウィッチ！」ということにしている。

けれど、世の中には流行というものがある。最初のフランス行きのときにも気づいてはいたが、パリの中心街のいくつかのカフェ・バーには、「アメリカ風サンドウィッチ（サンドウィッチ・アメリカーン）あります」という紙が貼ってあった。

その後、それが当たり前になってきたらしく、どこの店にも同じような貼り紙があるようになり、そのうちに、少なくともぼくら日本人が行って、「サンドウィッチ」と注文したら、「サンドウィッチ・アメリカーン」が出てくるようになった。それはけっしておいしいものではなかった。

オランダにもフランス式サンドイッチに似たものがある。けれどそれは、申し訳ないが、ほんとにどうしようもないものである。まず、パンは形は多少バゲットに似ているが、味はまるきりちがい、あのバゲットのような味わいはない。そしてハムはまずく、おまけに卵とチーズがくっついている。全体としてボリュームも栄養もあるだろうが、フランス式サンドイッチとはまったく別物である。

フランス式サンドイッチは、「カッス・クルート」ともいう。日本でもこのごろ、「カスクート」なるものが売られるようになった。けれどそれにはチーズが入っており、そのチーズの量がだんだん増えている。日本はやはり、オランダとかアメリカと同じく、まずくて量のある食べものへの道を歩んでいるのだなあ。

旧ソ連モスクワの一夜

「あれはひどかった」と今でも思うのは、もう三〇年近く前、ソ連時代のモスクワ空港でのできごとであった。

その日、ぼくは京都から新幹線で東京へ行き、成田《なりた》からソ連のアエロフロートでモスクワ、そこでロンドン行きのルフトハンザに乗り換えて、西ドイツのフランクフルトに向かうことになっていた。

だが、最初からついていなかった。新幹線が遅れ、成田へ着いたのがアエロフロートの出発ぎりぎりになってしまったのである。

ぼくは必死で急ぎ、アエロフロートを代行している日航のカウンターに駆けつけた。

「飛行機は遅れています」という言葉にほっとしたものの、今度はモスクワでの乗り継ぎが心配になった。遅れは約三時間とか。それではルフトハンザに間にあわない。

でもとにかく行くほかない。一〇時間ほどの飛行を経てモスクワ空港へ着いたのは夕方五時。警備のソ連兵たちのつきつける銃口に驚きながら空港内に入ると、心配してい

たとおり、ルフトハンザは出発してしまっていた。

トランジット（乗り継ぎ）の札をあいさつも笑顔もなく機械のように渡され、どこからともなく現れた誘導係とおぼしき小柄なおばさんに連れられて空港待合室の一角へ。「ここで待ってなさい」といわれて、一行十数人は立ったまま待つことになった。

待つこと三〇分。おばさんが現れた。やれやれと思ったら、何と「ファイブ、ミニッツ（五分待って）」といって、さっと姿を消してしまった。

それから三〇分。また現れたが、再び「ファイブ、ミニッツ」。

これを繰り返しているうちにもう夜の一一時。やっとまたおばさんが現れた。荷物とパスポートを持ってこっちへ並べという。そして入管のようなところでパスポートを取り上げられ、ビザなるものをもらった。全員のこの手続きが終わるのに約一時間。ホテルへ連れていくからバスに乗れといわれ、みなバスへ向かった。ところがバスに乗るところでおばさんが、「私が預かっておく」といって、全員からビザを取り上げてしまった。

不安なままにバスは発車し、市内を延々と走って、ホテル・テルミニュスに着いた。ここで名前をいって部屋のキーをもらう。この手続きにまた小一時間、もう真夜中すぎ。くたくただし、腹ぺこだとその階担当の美人の大女にいったら、「ソ連のお金を持っているか」と聞く。「パスポートもビザも取り上げられたから、お金はない」といったら、

「それではだめだ。のどがかわくなら、水道の水を飲め。水は安全だ」という驚くべき答え。食堂に行った人たちもみな断られて戻ってきた。

諦めてベッドに入ったが、朝四時ごろに目がさめてしまった。外を見ると、もううす明るい。たくさんの人がバスや電車を待っている。来るバスも電車もみな満員。バスが出てしまうと人々はどっと電停へ走る。そして次はバス停へ。戦後の日本と同じ光景だった。

シャワーはちゃんとお湯が出た。感心しながら浴びていると、いきなり夕べの大女が入ってきた。「起きてるね。よろしい。バスは六時のしかないから必ずそれに乗りなさい。そのあとは明日までないよ」七二時間勤務だといっていた彼女は、疲れなど知らないようだった。

空港に着くと、またあのおばさんが現れた。「悪いけどアエロフロートで行ってください。九時出発です。パスポートを返します」これで役目を終えたからか、おばさんはかすかながらはじめて笑顔を見せた。「そういえば朝食のクーポンを渡したかしら？　まだ？　じゃ、これ。バーというところへ行くと朝食をくれます」

ありがとうもそこそこに、ぼくはドイツ人の女の子二人とバーへ走った。ところが、「朝食はない。コーヒーだけだ」という。

「じゃあもうコーヒーでいい。砂糖はどこ？」「あのつぼだ」

ぼくら三人は、指さされたつぼの白いものをスプーンにたっぷりとコーヒーに入れた。だが何とそれは塩であった。

結局のところ、ぼくの生まれてはじめてのモスクワは、パスポートもなく、笑顔もなく、食事もなく、酒もなく、一杯の水だけであった。ソ連の崩壊を一日も早くと祈ったことはいうまでもない。

アフリカのおみやげ

アフリカ・ケニアの首都ナイロビの郊外に、「国際昆虫生理生態学センター」という研究所がある。International Centre of Insect Physiology and Ecology という英名を略してICIPE（イシペ）と呼ばれている。

ケニア国立でもなく、国連の機関でもなく、多くの国のアカデミーが協力して、第三世界に科学研究のコミュニティーをつくろうというので一九七〇年に発足した研究所だ。その名のとおり、昆虫の生理や生態を研究して、農作物の害虫や病気を媒介する昆虫への対策を探りながら、国際的な第一級の研究機関でアフリカ人研究者を育てていくことを目指している。

初代の所長はイギリスで昆虫ホルモンの研究を学んだアフリカ人トーマス・オディアンボ。ぼくはイシペの発足当初からその国際委員会のメンバーとして、のちにはイシペの理事として、長年イシペの運営にたずさわってきた。そのため、一九九四年までほとんど毎年のようにイシペを訪れて、ナイロビに少なくとも一週間ほど滞在するのが恒例

のようになっていた。

この間に、ナイロビの町もずいぶん変わった。かつては一様にアフリカ人独特の短いちぢれ毛の髪をしていた若い女の子たちの間で、いつのころからか長い髪のヘアピースをつけるのが流行《はや》りだし、スタイルのいいすてきな子がふえてきた。

そのうちにヘアピースでなく、自分の髪をまっすぐにする縮毛矯正術が普及して、ナイロビの町では長いまっすぐな黒髪のかっこいい女の子が普通になった。それはアフリカ人を見慣れていたぼくには、思わず目を奪われるような驚きであった。

アフリカにはお土産にしたいものがたくさんある。毎回ぼくはいろいろな店をめぐり歩いて、これぞと思うものを買い求めた。

ぼくがよく行ったのはケニアクラフトという大きな店であった。一階入口のところにはゾウの足の椅子とかシマウマの毛皮、象牙の彫刻、その他アフリカの動物で作った高価なものが並んでいた。のちにこういうものは禁止され、店頭から姿を消したが、いずれにせよ、ぼくはそれらを買うつもりはなかった。

ぼくはいつもそのコーナーを通り過ぎ、二階へ上がる。二階の隅には田舎のアフリカ人たちが粗末な小屋で作った素朴な木彫りの人形や像がうず高く積まれていた。ぼくはそこに座りこみ、一つずつ手にとって眺めていった。

木彫りは土や灰にまみれていて、しかも木を黒くするために靴墨を塗ってあったから、手はたちまちにして汚れる。そして煙のしみこんだような、汗や体臭のような匂いもする。不潔！　といって嫌がられそうなものばかりだ。

けれど、ぼくにはそれがうれしかった。これこそアフリカの匂いではないか！　田舎のアフリカ人たちがこつこつと彫った、かけがえのない作品ではないか！

べつの場所にはあのヒョウタンやカボチャを乾かして作った水入れ、酒入れ、油入れの容器もある。木と拾ってきたトタン板で作った楽器もある。

さまざまな表情のお面もある。どれもシンプルにできていて、手の込んだ彫刻をほどこしたインドのお面とはまったくちがう。これもアフリカならではのものだ。人々はどんなときにどんなお面をつけて踊るのだろうか。

そんなことを考えながら、ぼくは手をほこりまみれにして好ましいものを探した。あまり大きいものは持ち帰るのが大変だ。欲しいけどやめとこう。などといって選んでいるうちに、はや何十個にもなっている。

あれからナイロビもどんどん変わった。アフリカ人の新しいアーティストたちが生まれてきて、伝統的なものに近代的な様相を加え、すっきりした木彫りが次々に作られている。それらも美しいが、ぼくにはやはり何か違和感がある。とにかくそのような時代の移り変わりの中で、かつてぼくが探し求めていたようなアフリカの土の匂うような作品には、今はもうほとんどお目にかかれなくなってしまった。

ときたま幸いにも休みが取れた日に、わが家の棚からそれらの泥臭い人形を取り出して眺めていると、今やもう昔の記憶になってしまったアフリカが、懐かしく思い出されるのである。

ヘルシンキのタヌキの服とフィンランド語

一九八二年の八月、ぼくはフィンランドのヘルシンキで開かれた国際哺乳類学会というのに出席した。当時タヌキの研究をしていた山本伊津子《やまもといつこ》さんの研究発表と、ヘルシンキの毛皮センター訪問が主な目的だった。

毛皮センターは町の少し郊外にあった。北国のフィンランドでは、銀ギツネをはじめ高級な毛皮がたくさんとれる。それらを一手に取りしきっているのがこの国立の毛皮センターであった。

山本さんがあらかじめ連絡を取りあっていたマイヤ・ヴァルトネン女史にセンターを案内してもらう。

全国から集まってきた毛皮を一堂に集めた部屋があった。いろいろな色調のキツネの毛皮の美しさに驚き、「どうぞさわってください」といわれて毛皮をなでてみると、その手ざわりの快さ。さすが毛皮の国だなと思った。

試みに値段を聞くと、これがまた驚くほど安いのである。けれどフィンランドでこれを買って日本へ持って帰ると、どんと関税をかけられて、結局のところ一枚何十万円というこになるのだそうな。

キツネだけでなく、タヌキの毛皮もたくさんあった。

日本のタヌキより毛色がずっと濃く、黒褐色に近い。聞けばフィンランドにいるタヌキは日本のとちがうシベリアタヌキで、もともとシベリアにいたものが広がってきて、ソ連から国境を越えてフィンランドに入ってきたのだという。

当時ソ連は半ば鎖国状態で、国境は厳重な警戒のもとにあったが、タヌキにはそんなことは関係なかったのである。

タヌキの毛皮はキツネよりずっと安いので、センターはタヌキの毛皮を着るようにすすめているという。陳列室には、ジャケットがタヌキ、長いスカートがタヌキ、帽子もタヌキという女性用の毛皮衣装が並べられていた。

「これは日本では売れないな」と思わずぼくがつぶやいたら、「どうして？」とマイヤが聞く。「日本ではタヌキは人を化かすとされているから」と答えると、マイヤはいたく興味を持った。

「そんな話フィンランドにはないわ。おもしろーい」

とにかくマイヤは日本のタヌキを欲しがっていた。毛色のうすい日本タヌキとかけ合わせたら、少しでも色のうすい毛皮がとれないか。そうしたら脱色して染めるのもらく

になる。

ぼくらはマイヤの強い希望を聞き、なんとかして日本タヌキを送りましょうと約束した。

約束したのはよかったが、実際にはそれは大変であった。いろいろややこしい法律があるのである。山本さんのそれこそ筆舌に尽くしがたい苦労のすえ、やっとオス三頭、メス一頭を送ることができた。

しかし、日本タヌキとシベリアタヌキは染色体の数が少しちがう。その後聞いたところでは、かけ合わせはあまりうまくいっていないようだった。

それはともかく、ヘルシンキは不思議な町だった。まずフィンランド語がまったくわからない。「ラヴィントラ」がレストランだということは、三日目になってやっとわかった。

気のおけないビストロのような呑《の》み屋に入ると、少し英語のできるらしい人が、「アイ・アム・カーッレ」と話しかけてくる。カーッレ、つまりカールという名の人だなと思って受け応えしていると、悪い人ではなさそうだが、とにかく酔っていて話がさっぱりわからない。

カーッレというのは酔っぱらいとかアル中ということだと、あとで知った。

アル中の人が多いせいか、酒の販売規制はきびしい。ビール（フィンランド語ではオルット。複数はオルッタ）もⅠ、Ⅱ、Ⅲ、Ⅳ、Ⅴと五種類あって、アルコール分が日本のビール程度のⅢ以上は、「アルコ」という酒専門の店でないと売っていない。しかも「アルコ」は朝九時から夕方五時までしか開いていない。ウイスキーを買うためには学会を抜け出さねばならなかった。

さすがにサウナ・ショップはたくさんあった。ぼくはそこでいろいろとおもしろいものを買ったが、なんともいえぬ快い香りのするシラカバのエキスが最高であった。

今でも大事にとってあって、ときどき嗅いでは心の鎮まる思いをしている。

中国蘭州の幻の硯

二〇〇二年の一月二〇日から、ぼくは十数年ぶりに中国を訪れた。

ぼくが所長をしている国立の総合地球環境学研究所（地球研）の研究プロジェクトの関係で、中国のいくつかの研究所を訪問し、共同研究の打ち合わせをするためだった。

久しぶりの北京《ペキン》は驚くほどに様変わりしていた。かつてのうすら寒い貧しげな北京ではなく、近代高層ビルの建ち並ぶまったく新しい景観に、ぼくはただ目を見張るばかりだった。来たるべきオリンピックを迎えようとする町は、活気に満ち、物はあふれていた。

一月二四日、最後の訪問地である蘭州《らんしゅう》へ飛ぶ。北京から飛行機で約一時間。蘭州が近づくにつれて話に聞いた禿《は》げ山の連続が目に入ってきた。

見渡すかぎりつづく山々。その山々には木が一本もない。ただただ乾きあがった大地の連続である。よくぞここまで木を伐《き》ったものだ。もともと寒い土地の真冬だから、山々には雪が点々と白かった。

蘭州の空港は町から遠い。車に乗って一時間余り。山間《やまあい》の広い、まだ建設中の道路から、この乾ききった土地に生きる人々の家が、雪と岩のつづく中のところどころに見えた。

主な訪問先は蘭州の「中国科学院寒区旱区環境与工程研究所」だ。寒区旱区が寒くて乾燥した地域であることはわかる。環境もわかる。けれど工程とは何だろう？

道ばたでは山に木を植える作業がおこなわれていた。果てしなくつづく禿げ山に、木を植えていこうという大変な作業。植えられた木は元気に根づいているようにも見えない。いつになったらこの山々が昔の緑に戻るのだろうか？

この光景を目《ま》のあたりに見て、工程という言葉の意味が痛いほどわかった。中国は大変な事業に取り組んでいるのだ。

山々の間を行く建設中の道には、ところどころにトンネルがある。その一つの入口に、「緑石硯」という大きな文字があった。

とたんにぼくは思い出した。

「蘭州には幻の緑色の硯《すずり》があるそうです。私は一度でいいからそれを見たいと思っています」出発間ぎわに近所の日下部有信《くさかべありのぶ》先生がそういわれた。日下部先生はかつて京都・大谷《おおたに》大学の植物学の先生で、大谷大学で第二二回国際動物行動学会（一九九一年）を開けたのはもっぱら先生のおかげだった。「じゃあ蘭州へ行ったら探してみます」ぼくはそう約束した。

寒区早区の研究所で親切に世話をしてくださった康《カン》先生にぼくはその話をした。

「このあたりには幻の緑色の硯があるそうですが……」

「そういう話は聞いたことがあります。探してみましょう」

研究所訪問を終えて、さっそく硯探しが始まった。明日早朝にははや北京へ向けて出発だ。急がねばならない。

周囲の乾いた山々からの土ぼこりであまり遠くも見えず、町を行く人々の三分の一はマスクをかけている蘭州の町で、先生はこれとおぼしき店を次々にまわってくれる。

「そんなものありません」と最初の店。次の店にもその次の店にもそれはなかった。さすが幻の硯である。

何軒目かの大きな土産物店で、やっと見つかった。それは巨大な立派な硯だったが、思ったほど緑色ではなかった。

「べつのはありませんか」店の人は何人かの人を呼んで探してくれた。その一人が、「ありました」といって持ってきてくれたのは、まさに緑色の硯。三〇センチ四方もあるすばらしい芸術品だった。

黒い石の硯なら、日下部先生の家でもいろいろ見せてもらったことがある。どれも中国の伝統的なものだった。けれど緑色の石の硯ははじめて見る。これが幻の緑の硯かと

思うと、ぼくは涙が出そうなほど感激した。

日も暮れてきてもう店じまいの時間だ。日本円にするとウン万円もしたけれど、ぼくはためらうことなくそれを買った。

ぼくはその重い宝物を下げて、満足感にあふれて店を出た。

それからふたたび北京へ戻り、翌日、関空（関西空港）を経て自宅まで、その重い硯をぼくは大切に持って帰った。きっと喜んでくれる日下部先生の顔を思い浮かべながら。

イール・ド・レエ

フランスの大西洋岸、ラ・ロシェルという町の沖合いに、レエ島（Île de Ré）という島がある。一九六四年、ぼくが生まれてはじめての外国であるフランスへ留学したときに、ルネ・ボードワン先生一家と一カ月のバカンスを過ごした思い出深い島である。

それからフランスへは何度も行ったが、レエ島を訪れる機会はなかった。ボードワン先生の娘ジュヌヴィエーヴから、あの島もずいぶん変わったわよという話を聞くだけであった。

ところが何と三七年も経《た》った二〇〇一年、懐かしのイール・ド・レエへ行く話が持ち上がった。八月の二五日、妻のキキとぼくは関空を発《た》ち、まず第二七回国際動物行動学会の開かれているドイツのテュービンゲンへ。飛行機はもちろん往復ともエールフランス。そして二九日、パリ着。

翌三〇日朝、超特急ＴＧＶでラ・ロシェルへ向かう。かつてのときはボードワン先生の車で連れていってもらったので、ラ・ロシェル駅ははじめてだ。そこから迎えの車に乗る。昔はフェリーで渡ったが、今は立派な橋がかかっている。島へ着く場所も全然ちがう。地図を見ていても、ぼくは自分の記憶がいかにいいかげんなものだったかに、ただただ驚くだけであった。

車はぼくがあのときいたサン・マルタン・ド・レエの町へ入る。何となく古い記憶が戻ってくる。でも町はまったく変わっていて、すっかりにぎやかになっていた。

「さあ、もうすぐボードワン先生の家ですよ。どこだかわかりますか？」

番地は三八番地。ここだったはずだ。でもこんな家だったっけ？

「ここですよ。ドアをたたいてみてください」

ぼくは半信半疑でドアをたたいた。ウィという聞き慣れた声とともにドアが開いた。そこには懐かしいジュヌヴィエーヴが立っていた。

「ジュヌヴィエーヴ！」

「トシ、キキ！」

ぼくらはしっかり抱きあった。

家の中へ入ったら、三七年前がそこにあった。粗末なテーブルのある居間。キッチンというより台所。思ったより小さかった中庭。中庭の塀には昔のとおりブドウの木が這《は》っていた。二階へ上がると、もとぼくの部屋。窓から外の通りを見たら、昔とそっくり同じだった！

三四歳のぼくはここにいたのだ。あのころジュヌヴィエーヴは二〇歳だった。今もっとも変わらぬしゃべりかた、そしてフランス人らしいしゃれた身ごなし！　けれどヤニー夫人も亡くなり、ボードワン先生は年老いてパリで一人暮らし。三七年は長かった。しみじみとそう感じた。

この懐かしい家に泊まりたかったが、そうもいかない。この旅を世話してくれた人がとってくれていたホテルへ向かう。もちろんこんなホテルは知らなかった。前に海を一望するすばらしい庭に沿って、コッテージ風のしゃれた部屋が並んでいた。楽しい夕食を終え、夜の庭を歩く。あっちに一匹、こっちに一匹とウサギが見えた。そのうちにキキは庭の片隅に座り込んで、じっと何かを待っている。あとで聞いたら、ウサギの穴を見つけたので、出てくるところをつかまえようと思ったのだそうだ。

遠くに打ち寄せる大西洋の波の音を聞きながら、あの心地よい田舎だったイール・ド・レエはどこへ行ってしまったのかと考えているうちに、いつか眠り込んでいた。

翌日は海岸だ。ジュヌヴィエーヴに連れられて、かつてボードワン先生とエポフィルスという海の底にいる不思議な昆虫を探して歩いた磯《いそ》へ行ってみた。

この虫を見つけるには、月に一度の大潮の日に、引いていく潮を追って二キロも三キロも沖まで歩いていかねばならない。残念ながらその日はまったくの小潮だったから、とてもそれは無理であった。

いずれにせよ、磯には昔はなかった緑色の海藻が一面に生え、ムール貝などがたくさんついていた。海はすっかり変わってしまったようである。その原因はラ・ロシェルからの橋がかかったからだとも聞いたが、ほんとかどうかはわからない。

昔ぼくがチョウチョ捕りの網を持って自転車で走りまわっていたのはどのあたりだったのだろう？　すっかり観光地になったイール・ド・レエは、本当に懐かしかったが、年を経てのその移り変わりに一抹の寂しさも感じた。

サラワクのキャット・シティー

東マレーシア、サラワク州の州都クチンは、キャット・シティーと自称しているネコの町である。いうまでもないが、マレーシア連邦はマレー半島の南部を占める西マレーシアと、南のボルネオ島の北部を占める東マレーシアとからなっている。こういうことになったのは、イギリスからの独立にあたって重大な問題があったからだと聞いている。独立のとき、マレー半島のマレー人たちは、マレー人の国をつくりたいと願っていた。しかしマレー半島には昔からたくさんの中国人やインド人が住みついている。イギリス領マレー半島全体がそのまま独立したら、その国の人口の半分以上は非マレー人となってしまい、マレー人の国ではなくなる。マレーの人々はそれは困ると考えた。そこでまず、中国人人口が大部分を占めるシンガポールを切り離すことにした。シンガポールは日本の淡路島《あわじしま》ほどの大きさしかない島なのに、シンガポール国として独立することになった。

しかし、それでもまだマレー人の人口は総人口の半分に達しない。それではというので、ボルネオ島のサバ、サラワクという二つのイギリス領の王国に、マレーシア連邦に加わってくれませんかと呼びかけた。

この二つの王国にはマレー系の人口が多いので、そうすればマレー人が過半数を占める国ができる。サバ、サラワクは半ば渋々、マレーシア連邦に加わった。こうしてできた東マレーシアのこの二州、とくにサラワク州は、半独立国のように振舞っている。

それはともかく、ボルネオ島の北西部を占めるマレーシア連邦サラワク州の州都クチンは、昔から有名なネコの町だ。そもそもクチン（Kuching）という町の名前自体が、マレー語でネコという意味である。

サラワク州は州全体に水が豊かであり、平野部はすべて田んぼでイネの栽培が盛んであった。米がとれればネズミが来る。そのネズミを防ぐために、サラワクの人々はネコを大事にした。農村でも町でもネコはかわいがられ、どこへ行ってものんびりとした表情のネコを見かける。これがキャット・シティー・クチンの根源だ、と町の案内には書かれている。

クチンの中心部にネコの博物館（キャット・ミュージアム）がありますよといわれて、ぼくはさっそく連れていってもらった。

入口に大きなネコの像があった。ぐっと立ち上がった姿勢で来館者を迎えている。中に入ったらネコ、ネコ、ネコ。ネコに関するあらゆるものが陳列されている。そして出口のショップではネコグッズ。Tシャツはいうまでもなく、ハンカチ、タオル、手さげ、ノートブック、何から何までネコである。ぼくはネコ好きの妻のキキのために、いくつかのグッズを買った。だが残念ながら、そのネコたちがあまりかわいくないのである。ぼくは何だか不思議だった。

「もう昼です。めし食いに行きませんか」

案内してくれた京都大学の疋田《ひきだ》君にそういわれて食事に行く。

ここがうまいんですという中国人の店に入ったが、そのとき何を食べたのかは憶えていない。とにかく安くてうまかった。

午後は自然史の博物館に行き、サラワクの生物の展示を見る。それからあとは町の散歩。

気がついてみると、町のあちこちにネコの像がある。キャット・シティーを意識して、比較的新しく作られたものらしい。

首に大きなリボンをした大きな白いネコが、左手を上げて通る人にあいさつをしているかと思うと、すっくと首を伸ばしたのや仲間とふざけているネコなど合計五匹のネコの群像もあった。

残念ながら、これらのネコもどうも今イチかわいくない。みんな奇妙にたくましく、目付きもきびしいのだ。人間のペットではなく、ネズミを捕らえて人々の食糧を守ってくれた、強い、役に立つネコたちのイメージであろうか。

そんな中に現代的なネコもあった。川沿いの公園で見た六匹のブロンズの像であった。いかにもネコらしい姿をしたネコたちが、楽しそうに遊んでいる。けれどこのネコたちも、イギリスや日本の絵にあるネコとくらべると、ずっと野生的な印象が強かった。サラワクのキャット・シティーのネコたちは、人間に飼われたペットではなく、誇り高く自立したネコであるような気がした。

こうしてネコたちを見ての帰り道、疋田君たちと町で食べたドリアンは久しぶりの熱帯の味だった。

不思議の島、神の島　バリ

一度バリ島へ行ってみようという前々からの念願は、一九九八年のゴールデンウィークにやっと実現することとなった。大議論のすえ、泊まるのは山の中の町ウブドと海岸の町サヌールに決めた。

関空から一路インドネシア・バリ島のデンパサールへ飛び、そこからホテルの車でウブドへ向かう。

どことなく日本の田園地帯に似た風景に、かつてマレーシアのタンブナンで見た田んぼのことなど思い出しながら夕暮れのウブドに着き、ホテル・アマンダリのテラス・パビリオンに入った。

アマンダリはガイドブックにあるとおりのデラックスな宿。これがバリの雰囲気なのかなあ？　部屋があまり広すぎて、ぼくは落ち着かない。部屋のまん中の大テーブルには、南国のウェルカム・フルーツが山盛りになっている。

まもなく夕食が運ばれてきたが、みんな疲れていて、どんな食事だったか思い出せない。

夜、キキと娘のレミはさっそくにバリ風エステ。南国の花の花びらを浮かしたお湯を使う複雑なもののようだったが、二人はご満悦だった。そのあと、外に出て少し散歩。外といってもホテルの敷地内だ。うす暗がりの中にひょっこり奇妙な石像があったし、変わった花が咲いていた。

翌朝はホテルの中をずっと歩いて、プールサイドの食堂へ。見渡せば一面の小山と森。久しぶりに見る熱帯だった。むちゃくちゃに暑い。

朝食はナシ・ゴレン、つまり焼きめしだ。長いインゲンの油煮がうまかった。それからウブドの町へ出る。通りには竹に飾りをつけたものが点々とある。意味をたずねたが、精霊が通るときに何とかかんとかで、結局のところよくわからなかった。

それからウブドの王宮を見にいく。世界遺産のような建物がシーンと静まった不思議な空間だった。王宮のあと、町をぶらつく。さすが芸術家の町ウブドといわれるだけあって、さまざまな工芸品が興味深かった。

夜は待望のレゴンダンス。ウブド王宮の前庭だ。踊りにもガムラン音楽にも、ああほんとにバリにいるのだなと感じた。踊りは神様たちの話なのだが、その神様の何と人間くさいこと。森の中で道に迷った神様の、困りはてた情けない表情がおかしかった。日本の『古事記』の感覚かなとも思ってしまった。

BREM

レゴンダンスが終わり、町をぶらぶらと歩く。ネオンなどというものがない。町に流れる音楽もなく、芸術家の町ウブドは静かで落ち着いていた。迎えの車が来るまでのひとときを、と思ったら、とたんに町は停電。ガイドブックにしたがって持ってきた懐中電灯を頼りにロータスというカフェに逃げ込んだ。ロウソクの光の味わいも一入《ひとしお》だった。

サヌールでの泊まりは旅行会社が選んでくれたラ・タベルナ・バリ・ホテル。イタリア人が設計したという変わったホテルだったが、どういうわけか鴨居《かもい》が低い。となりの部屋へ行こうとすると、うっかり鴨居に頭をぶつけてしまう。イタリア人は背が低くはないはずだが、といぶかった。海沿いだからだろうか、とにかく雰囲気が明るい。いろいろな花が咲き、さんさんと日光が降りそそぐ。

町も明るく近代的。たまたま入ったママ・アンド・レオンという店がキキの気に入って、安いしゃれた服などをいくつも買った。何しろ当時日本円一円が五五ルピアという交換レートだから、一一〇万ルピアといわれても二万円だ。二四品買って支払ったのは一〇六万ルピアだった。買った物をホテルに置いて、午後は海岸へ。物売りがたくさんいたりして、雰囲気は江《え》の島《しま》。でも何となく楽しげな気分が快かった。レミはダイビング。

夕食は町のレストラン・バー。さまざまな料理が出てくるうちに、踊りを勉強している女の子たちのショー。女の子たちの手先と目の動きが印象的だった。

夕食後、カフェ・ロータスのサヌール店で、ブレムというライス・ワインを飲む。寝酒用にソーダを探して歩いたが、ついに見つからなかった。

折りしもインドネシアは大統領選挙の最中であった。テレビが刻々と伝えるように、スハルト大統領の再選に反対する人々の暴動に近いデモで、首都ジャカルタは大荒れになっていた。けれど、となりの島、バリは平穏そのものであった。バリは不思議なところだと思った。

ドイツの小都市　テュービンゲン

第二七回の国際動物行動学会は二〇〇一年八月末、ドイツのテュービンゲンで開かれた。この本にも、「イール・ド・レエ」と題して書いたフランスへの旅（八二ページ）の直前でもあったので、この学会に顔を出してみることにした。

テュービンゲンは一二世紀から都市建設が始まったというから、それほど古い町ではない。ライン川の支流であるネッカー川が流れる人口七万五〇〇〇人ほどの小都市だが、一五世紀末にテュービンゲン大学が開設されて以来、学術文化の町として知られている。

八月二五日昼前にエールフランスで関西空港を出発したが、飛行機が遅れてパリでの接続便に間にあわず、空港のホテルに一泊。翌日の朝、ドイツのシュトゥットガルト空港着。ところがなんと妻のキキのスーツケースが着いていない。とにかく予定のホテル・カタリナへ向かう。

そこは少し町はずれだが、民宿ふうの落ち着いたホテルだった。ちょうど学会は休みの日だったのでまずゆっくり休息し、午後遅く、ホテルの裏の山道を下り、町へ行って

kiki

みることにした。

小道の両側にはかわいらしい野草が思い思いの姿で生えている。タンポポに似ているがうすいピンク色のとか、日本ではあまり見たことのない花をつけていた。プラムが鈴なりの木も何本かあり、キキはそれに見とれていた。ヨーロッパの町はどうしてこんなに野生が豊かなのだろうか?

少し歩いたらもう町だ。静かで落ち着いた町並みであった。ふと見ると、メイン・ストリートから少し脇へ入った路上にテーブルと椅子が並んでいて、人々が楽しそうに何かを食べている。うしろの壁にはヴルストキュッヘと書いてある。ドイツ語でソーセージキッチンという意味だ。ここでドイツのソーセージの夕食をとることにした。

メニューはシュワーベン語の料理名にドイツ語の説明がついている。どれもなかなか変わった料理でおいしかったが、シュワーベン風のザワークラウトが、フライパンごと出てきたのには驚いた。

翌日の朝、キキのスーツケースが届いた。よかったとほっとして、バスで学会会場のテュービンゲン大学へ行く。顔なじみの同僚や弟子たちにたくさん会った。学食の昼食はお世辞にも褒められたものではなかったが、みんなとの語らいは楽しかった。

午後は学会を抜けだして町へ。町の中心を流れるネッカー川のほとりは、ドイツの小都市らしい美しさであった。ネッカーの静かな流れ。川沿いの公園の気持ちよさ。そして川岸に並ぶドイツらしい建物のたたずまい。そういえば、昔教わった「山の陰のふるさと、静かに眠れ」というドイツ民謡もネッカーの谷の町の歌ではなかったか。小さなお坂になった町の道をだらだらと登って、山の上の古いお城兼博物館に行く。小さなお城だったけれど、興味深いものばかりだった。帰りは古いトンネルを通るべつの道を経て再び町へ。

大きな教会の前の石段に、若者たちがくつろいでいる。犬も連れて。市場にはたくさんの果物。いい雰囲気だった。

夜はヴルストキュッヘで日本からの仲間の飲み会だ。てんでに地方色豊かな料理を注文し、分けあって試し食いをしながら話が盛りあがった。

その翌日、キキとぼくはタクシーで、少し離れたリヒテンシュタインのお城を見物に行った。タクシーの運転手はユーゴスラヴィアからの難民であった。急な山の上によくぞこんな瀟洒《しょうしゃ》な建物を建てたものだ。ドイツの城を見るたびに感じる思いをこのときも身に沁《し》みて感じた。これもヨーロッパ文化のすごさなのだ。日本の城とはちがう執念のあらわれである。

城の入口の草木の花にミドリヒョウモンというチョウがとまって蜜を吸っていた。四〇年以上前、このチョウの行動の研究で一躍有名になったデトレーフ・マグヌス氏を訪ね、親しく話を聞いて感銘したときのことを思い出した。

再びテュービンゲンへ戻って修道院の考古学博物館へ。古代人が使っていた獣骨製の縫い針のレプリカを土産に買う。

夕方から学会のディナー。懐かしい外国の友人にも何人か会い、旧交を温めた。

翌八月二九日は早々にパリへ出発。ほんの三日間だったけれど、ドイツの小都市というものの姿を少しは実感できたような気がした。

キキのマサイ・マラ

ぼくは一九七六年以来、アフリカ・ケニアのナイロビにある国際昆虫生理生態学センター（ＩＣＩＰＥ・イシペ）を毎年四月に訪問していた。この研究所の研究大会と委員会に出席するためだった。その後何回か組織が変わり、一九九三年までの六年間は、二期にわたって理事をつとめた。

理事になると、一期三年の間に一回、研究所が旅費も出して、配偶者をアフリカに招いてくれることになっていた。けれど、研究所もお金がないので、二期だけど奥さんの招待は一回だけにしてくれとか。こうして一九九二年、キキと二人でのアフリカ行きということになった。ぼくは理事会で忙しいので、その間にキキが動物を見にサファリに行くことにした。

四月二六日の朝、成田発。パリで乗り換えて翌二七日の朝七時にナイロビ空港着。いつもながらの無法地帯的雑踏の中で、出迎えのイシペの人に出会ってひと安心。二八日には日本学術振興会（学振）のナイロビセンターで、重《しげ》田《た》眞義《まさよし》君夫妻をはじめ、たくさんの滞在日本人研究者たちと楽しい夕食。

翌二九日。キキはさっそくに北のサンブル・ナショナルパークへサファリに。着いたばかりでアフリカがよくわからないまま、半信半疑でキリン、シマウマ、ライオン、それにたくさんのトムソン・ガゼルなどを見ながら、三日間をそこのロッジで過ごしたが、このときのことはあまり記憶に残っていないようだった。

五月五日。キキはマサイ・マラのナショナルパークのサファリ・ロッジへ。ぼくは相変わらずナイロビで理事会。三日後に帰ってきたキキの話は次のようだった。

知人から紹介された旅行社の日本人女性のアレンジにしたがって、一二人乗りのプロペラ機に。お客はキキ一人。操縦士とスチュワーデスが終始いちゃいちゃしているので不安だった。夕方もう日暮れに近い草原に、はい、着きましたと降ろされたが、迎えらしき人も車もない。飛行機はそのまま行ってしまった。

ライオンでも出たらどうしようと心細く待っていると、二〇分ほどしてトヨタの軽トラックがやってきた。荷台には槍《やり》を持った裸のマサイの男たちがいっぱい。ドライバーが降りてきて、ＫＩＫＵＫＯ・ＪＡＰＡＮと書いた紙を見せる。これが迎えの車だったのだ。近寄っていったら、その男たちの中へ放りこまれた。

不安なままもう暗くなった草原のロッジへ着く。二〇人近い日本人旅行者たちがいて、やっと安心した。

kiki

その中には有名な写真家の田中光常《たなかこうじょう》さん夫妻と、ネコの写真で前から知っていた吉野信《よしのしん》さんもいた。田中さんのツアーだったらしい。

ロッジには従業員が二〇人ほど。みんなマサイの人たちだ。女たちは例のビーズでできた色も鮮やかな首かけを何重にもしている。

その夜は田中光常さんのお誕生日とかでマサイ・マラのロッジはにぎやかなパーティーになった。槍を持ったマサイの人たちもみんな踊る。ただし踊るといっても、地面の上でぴょんぴょんとはねるだけだった。

夜、外を見ると野獣が来ている。ああ、やっぱりアフリカだなあと思ったそうだ。

翌日は車に乗って動物たちを見に。動物たちはすっかり人に慣れてしまっているらしい。ライオンが草原にあお向けに腹を出して寝ころがっている。あまりにリラックスしたその姿を写真に撮っていたら、一頭のチーターが車のボンネットの上に乗ってきて座りこみ、そのうちに前足を伸ばして寝そべってしまった。

キキのマサイ・マラの話を聞いていたら、ぼくは会議ばかりの毎日が情けなくなった。学振でその話をしたら、重田君がいいアイデアを出してくれた。

「学振のドライバーの家を見に行っていらっしゃい。アフリカの人たちの生活がわかりますよ」

ドライバーの家はナイロビからかなり遠くにあった。誘われるままに土壁の小さな家に入ると、土のままの床に二脚のテーブルとベンチが置いてあり、美しい奥さんとかわいらしい子どもたちと家族がいた。テーブルには小ぎれいな白いクロスがかかっている。木と土の壁は粗末なビニールシートで覆われており、その上に家族の写真やカレンダー、ポスターがいっぱいに貼ってあった。アフリカの田舎のどこでも見かける、平和な家族の家であった。

台湾埔里のピンキーちゃん

昔のアルバムをめくっていたら、懐かしい写真が次々に出てきた。ぼくらのはじめての台湾旅行の写真である。今の台湾とはまるでちがう。いったいいつごろだっただろうか?

よく思い出してみたらやっとわかった。あれはぼくが東京農工大学の先生をしていた一九七〇年の三月だった。

学生にとっても教師にとっても大変だった学生運動がひとしきり収まって、ぼくは疲れていた。春休みにどこかへ旅行にでも行こうよ。

話はさっそくにまとまった。昆虫写真家の浜野栄次《はまのえいじ》さんのすすめで、台湾にチョウを見に行こうということになったのである。

キキとキキの姉の裕子ちゃん、それからフィリピンへ昆虫の写真を撮りにいく途中、ぜひ台湾に寄りたいという農工大の海野和男《うんのかずお》君。最初の目的地はチョウがたくさんいるので有名な台湾中部の埔里《プーリー》。埔里の昆虫商、方水生さんを浜野さんが紹介してくれた。

台北《タイペイ》の空港で、日本語をしゃべるタクシー運転手に声をかけられる。「どこへ行くの?」「埔里」と答えると、「埔里には自分の実家があるから七〇〇〇元でいい」という。特急列車観光号で台中へ行って、などと考えていたが、思いきってタクシーに決めた。これは正解だった。戦中世代のその運転手の流暢《りゅうちょう》な日本語での説明で、台湾のことがじつによくわかったからである。

当時台湾は大陸とはげしく対立していた。男も女も軍服姿で、大通りにはあちこちに「警戒間諜。人人有責」などという横断幕が張られていた。

「警戒間諜というのはスパイに注意ということ。人人有責というのは一人ひとりに責任があるっていうことよ」

ほんとに運転手の説明どおりの雰囲気であった。

西海岸沿いに南下して台中の町へ。台中駅から東の山側へ向かう。夜に入って埔里に着き、宿を見つけてもらって、ほっとした。もう深夜なのに町の騒がしいこと。バイクの音はひっきりなし。元気よい人々の談笑の声。やっと寝ついたが、朝四時ごろにはもう町のにぎわいが始まった。台湾の人々の何というエネルギー。感嘆のほかなかった。

埔里の町には台湾の先住民、いわゆる高山族《カオシヤン》(高砂族)の人々がたくさん、中国人に混じって住んでいる。彼らは日本語をしゃべっており、日本人と見ると懐かしそうに寄ってきて話しかけてくる。

その中にぼくらがピンキーちゃんと呼ぶことにした一六、七歳ぐらいのかわいい女の子とその弟がいた。ぼくらの捕虫網を持ってチョウチョを追いかけたり、元気はつらつだ。ぼくらはすぐに仲良くなり、誘われるままに彼女たちの家を訪れて、一家の人たちと話に花を咲かせた。レンガ造りの立派な家だったが、床は土のまま。その上に電気冷蔵庫やテレビが置かれていた。

ピンキーとは、当時日本で大流行だった「恋の季節」を歌っていたピンキーとキラーズの今陽子《こんようこ》のことだ。この歌は埔里でも流行っており、町じゅうにそのメロディーが流れていた。歌詞は中国語の「恋愛的季節」となっており、ぼくらはすぐそのレコードを買った。同時に流行っていたのは「請愛到骨」（骨まで愛して）だったけれど、何といってもピンキーの歌のほうがぴったりきた。それでかわいい彼女がピンキーちゃんになったわけである。

アルバムを見ると、ピンキーちゃん一家との写真がたくさんある。丸二日間、ぼくらは一家とつきあって、近くの林でチョウチョを追い、あちこち案内してもらった。ピンキーちゃんのお母さんがお土産にくれた梅干は、予想とはまるでちがって甘かった。

方水生は立派な昆虫館を持っており、そこで台湾のチョウチョの標本やチョウの翅《はね》のしおりを売っていた。日月旅社という小さな旅館も経営しており、日本人旅行者の一手引き受け所になっていた。方水生にすすめられて、ぼくらは近くの日月潭《リーユエタン》へも行った。

二つの池のある名所だったが、あまり感銘はなかった。

ぼくらは昔から珍しいチョウの産地として有名な霧社《ウシャ》へも行った。そこは中央山脈に近い山の中。南国台湾とはいえ、道路沿いの崖は霜柱でいっぱいだった。やっぱり冬なのだ。

三日目にぼくらは台中へ下り、憧れの列車観光号に乗り、南へ向けて出発した。

あれからもう三〇有余年。ピンキーちゃんたちは今どうしているだろうか。

下北半島の恐山

「外国へ行ける休みが取れないのなら、恐山《おそれざん》に行ってみようよ」というキキの一言で話は決まった。二〇〇三年の夏休みの旅行のメインは恐山。ついでに下北《しもきた》半島というところを見てこよう。

八月一八日、朝九時少し前の日本エアシステム機で大阪伊丹《いたみ》を出発、一〇時一五分には青森空港に着く。バスももちろんあるが荷物も多いからタクシーで三内丸山《さんないまるやま》の縄文遺跡へ。本で読んだし話に聞いてもいたが、その壮大な規模。縄文時代に対する認識が一瞬にして変わってしまった。

とくにあの有名な、用途のわからない高層の大型掘立柱《ほったてばしら》建物。縄文の時代に本当にそんな大きな建築物が？　と半ば信じられなかったが、建物跡のあの大きな土台の穴とその中に残っている大木の名残を見ると、到底うそとは思えなかった。

おもしろかったのは、この建物の復元建築の六本のメインの大柱にするクリの巨木が、今はもう日本では手に入らないのでロシアから運んできたと書かれた説明だった。

遺跡博物館で見た翡翠《ひすい》のペンダントはぜひ欲しいようなものばかりだったし、縄文模様の多彩なデザインはどれもすばらしい芸術作品であった。

青森へ出て昼食。野辺地《のへじ》を経て大湊《おおみなと》線で下北を北上する。

終点大湊でレンタカーを借り、海峡の海岸沿いに走る。冷夏のせいか、下北は寒々としていた。今年は米はだめでしょう……聞くともなしに耳に入る人々の会話は、そういう寂しい話ばかりだった。

その晩は下風呂《しもふろ》マリンホテルという宿屋に泊まる。夕食はごちそうがたっぷり出たが、畳に弱いぼくはあまり楽しめなかった。

翌朝、さらに北へ車を走らせて、本州最北端の大間《おおま》岬へ。そういえば去年は日本最北端の北海道宗谷《そうや》岬から遠くにサハリンを見て感激してたんだっけ。

とにかく今日は目指す恐山だ。おもしろいという佐井村《さいむら》はやめ、いったん下北の東側に戻り、大畑川《おおはたがわ》沿いに西へ入って恐山に向かう。

薬研《やげん》温泉もパスすることにした。川辺で川の管理をしている人に出会い、このあたりの魚の話を聞く。

クマは出るんですかと聞くと、ああ出るよ、とこともなげにいわれた。

午後、深い山道を延々と越えて、恐山の入口に着いた。太鼓橋のかかる川には二級河川正津川《しょうづがわ》という正規の看板があったが、そのすぐ裏には三途《さんず》の川という札が立っていた。

拝観料を払って寺の入口から山のほうへ登っていくと、硫化水素の噴出する塚のようなものが果てもなく連なっている間を、たくさんの人々が歩いていく。要するに地獄めぐりである。雲一つない晴天だったせいか、想像していたよりはるかに明るかったけれど、これがどんより曇った夕暮れだったりしたらさぞかし不気味だろうなと思った。

娘のレミの言葉を借りれば、恐山は日本最古のテーマパークかもしれない。入口はさっき通った三途の川。その太鼓橋を渡れば総門を経て地蔵堂へ。火山灰のような砂を踏みつけ歩いていくと、賽《さい》の河原、地獄谷と曰《いわ》くつきのサイトが次々に展開する。血の池もある。最後は宇曽利山《うそりざん》湖の岸辺に出るが、この湖にはどうやら生きものはいないらしい。

そのような場所の上でカラスの群れが鳴く。ここを開いたという慈覚《じかく》大師は、よくぞこの場所を見つけたものだ。

恐山に来たからには、イタコは期待していた。けれど祭りでもない今、イタコがいるだろうか？

社務所のような建物の片隅に、「イタコの口寄せを御希望の方は申し出てください」と書いてある。キキが聞いてみると、少し順番を待っていただければ、ということだ。それならせっかくだから、と待つことにした。

何組か待っていたが、イタコは一人。聞く人は何人いても一霊呼び出すのに三〇〇〇円。ぼくら三人が神妙に座って、キキの頼んだキキの母の霊を呼び出してもらう。少し東北訛《なま》りのイタコの言葉は、なかなか納得のいくものであった。死ぬときはちょっと苦しかったけれど、今はもうこちらの暮らしにも慣れたよ。それにみんながしっかりやってるから、何も心配はしていないよ。というようなぐあいだった。

恐山は火山帯である。地面の土は温かいし、温泉もある。

キキとレミは恐山の温泉に入ってみた。ぼくが想像していたとおり、お湯はものすごく熱かったとか。

世界最北の研究都市　ニーオルスン

「とにかく北極を見てきてください」

長年、日本の国際南極観測事業を担当してきた国立極地研究所が、いよいよ北極にも取り組むことになったとき、北極科学推進特別委員会メンバーのわれわれはこう申し渡された。

ぼくが極北の島スピッツベルゲンを訪れる稀有《けう》の機会を与えられたのは、とにかくこういういきさつからであった（三二ページ参照）。

南極は巨大な大陸だが、北緯九〇度の北極点は海の中だ。北極点から少し離れてグリーンランド、スヴァルバール諸島、ノーヴァヤ・ゼムリャなどの島、さらにもっと南にはアラスカやニューファウンドランド島がある。

ぼくは北海道の国立北見《きたみ》工業大学の高橋《たかはし》修平《しゅうへい》先生を団長とする氷河ボーリング隊に連れられて、スヴァルバール諸島のスピッツベルゲン島へ行くことになった。一九九二年七月のことである。

ノルウェーのオスロから北のトロムソまで飛び、そこでスカンジナビア航空の定期便に乗り換え、一路真北へ三時間ほど。スピッツベルゲンのロングイヤービーエンに着く。そしてここからさらにチャーター機でニーオルスンに飛ぶ。ニーオルスンはさらに北で、北緯七八度五〇分ほど。途中、目の下は氷河と尖った山ばかり。四〇分ほど飛んで飛行機は向きを変え、右側に海を見ながらエアーストリップ（滑走路）に着陸した。

飛行機を降り、お粗末なエアーストリップのすぐわきにある日本とロシアが借りている小屋に入る。七月の二〇日に近く、真夏なのに外の気温は零度。けれど建物の中は二五度。快適だ。

荷物を置いてさっそく近くを歩いてみる。北極点まであと一〇度少しという極北の地なのに、ここでも地上に雪はなく、荒れた地面がつづく丘に、日本の高山植物のような可憐な花がいっぱい咲いていた。

少し遠くへ目をやると、高く広がるのは東ブレッガー氷河。とても人間を寄せつけるような雰囲気ではない。その氷河が融《と》けてできた池のほとりへ行ってみる。水温は一度で、その冷たいこと！　けれどその水の表面では、ユスリカが何匹もサナギから親になっていた。

二時間ほどして小屋へ戻る。何と気温零度の冷気の中で、ユスリカたちが群飛をしているではないか！　急に日がかげって冷たい雨が降ってきた。ユスリカたちの群飛はつ

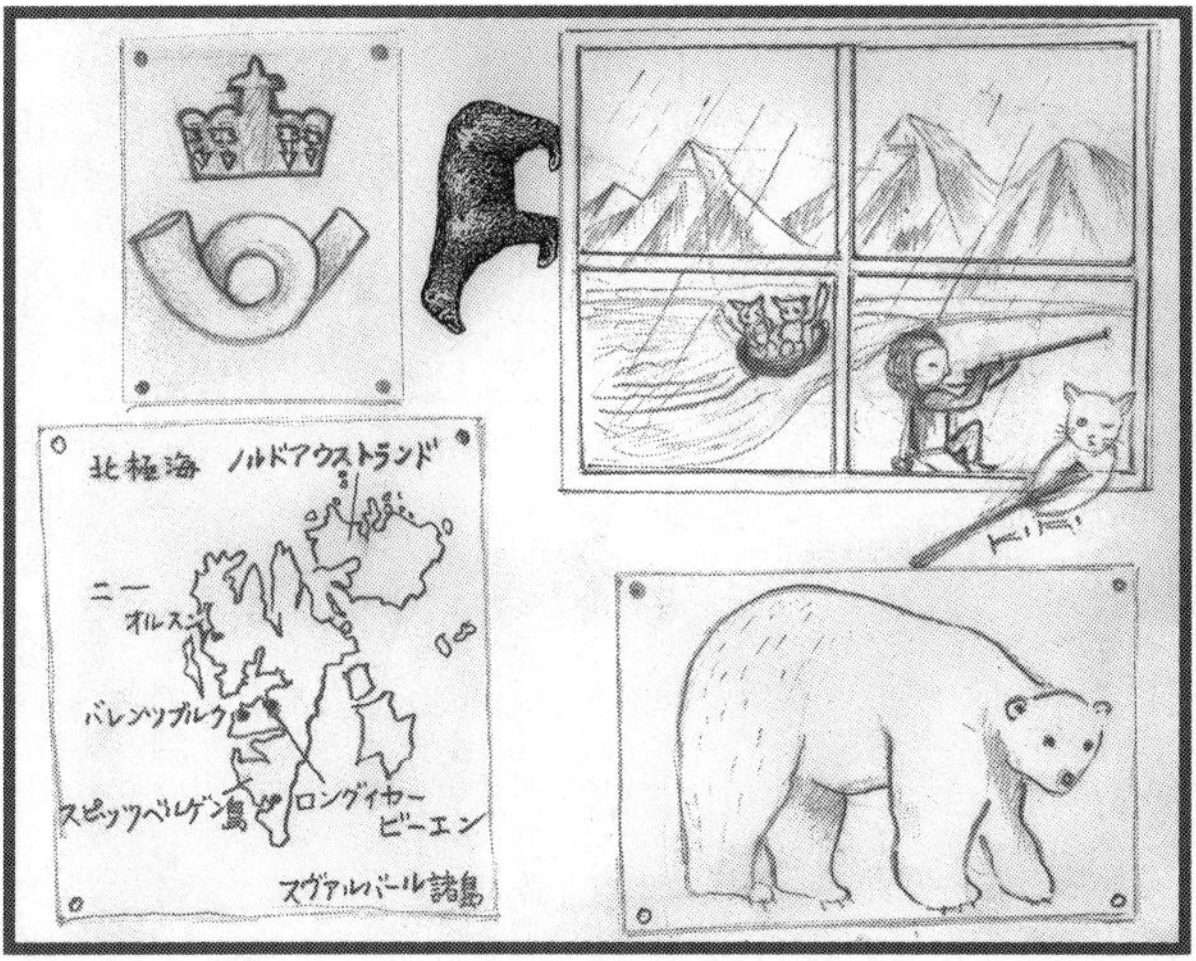
北極海
ノルドアウストランド
ニーオルスン
バレンツブルク
スピッツベルゲン島
ロングイヤービーエン
スヴァルバール諸島

づいている。雨はたちまちにして雪に変わった。ユスリカの群飛はさっと消えた。

それからライフルの練習に行く。ホッキョクグマが出るから、いつも銃を持って歩かねば危ないのだ。でもぼくらのライフルの腕はおぼつかない。「クマは大きな的だから」と慰められて帰ってきた。

ここも昔は炭鉱町だった。こんな北極に炭鉱があるということは、昔ここらは暑く、大きな林がうっそうと茂っていたということだ。事実、池のあたりには木々の化石のようなものが、あちらこちらにころがっていた。

何十年か前、ニーオルスンの炭鉱で爆発事故があり、炭鉱は閉山になった。町は町の建物を研究用に各国に貸すことにした。それで今この町は、世界でもっとも北極点に近い研究都市になっている。町を歩くと、世界最北の鉄道跡をはじめとして、世界最北の郵便局など、The World's Northernmost と自慢気に書かれたいろいろな看板が次々に目に入る。

ニーオルスンの自然には、チョウも甲虫もハチもいなかった。花の授粉をしているのはユスリカらしい。極北の生きものたちの生きかたが見られたのは、ほんとうにうれしいことだった。

氷河ボーリング隊がいよいよ出発するので、ぼくは北極観光船に乗ることになった。船の中はホテル並み。四泊五日で一六万円は安くなかったが、旅はすばらしかった。スピッツベルゲン島の西海岸を北へ向かい、北極点近くから流れてくる巨大な氷山を見ながら、ところどころでゴムボートに乗り移って接岸する。一四、五世紀の捕鯨の基地だった浜などを見た。基地で死んだ人を入れた木の棺《ひつぎ》が腐らずに置かれていたりして、まだ石油が発見されていなかったそのころに、鯨油を求めて北極海で争いあっていた白人たちのすさまじさを如実に感じた。

船は北緯八〇度を越え、それから南下してロングイヤービーエンに戻る。氷山と島と海の北極海から戻ってみると、ロングイヤービーエンはやっぱり大きな町であった。

マレーシアのロータリー

前にも述べたとおり、マレーシアという国は、マレー半島の南三分の二ほどを占める西マレーシアと、ボルネオ島の北部を占める東マレーシア（サバとサラワクの二州）とからなっている。こういう国土構造になったのは長い歴史によるものだが、いずれにせよ、第二次世界大戦後に独立する直前は、どちらもイギリスの支配のもとにあった。

そのためマレーシアには、イギリス式の制度がいろいろと残っている。ぼくら日本人にとってまず一番に気づくのは車の左側通行である。

よく知られているとおり、アメリカ、フランス、ドイツ、ロシアなど世界の多くの国々とちがって、イギリスは左側通行だ。そこでアフリカのケニアなどをはじめ、かつてイギリス領であった国の多くは左側通行である。

イギリスがなぜ左側通行かということは、イギリスの社会学者パーキンソンが詳しく書いている。人間は左側に心臓があり、したがって無意識的に左側を守るように行動する。道を歩くときも心臓のある左側は安全な道のへりに寄せ、他人とすれちがうのは体の右側になるようにしている。部屋の天井にカメラを取りつけ、入ってきた人々の動きを記録した研究でも、たいていの人は入口から入って左側の壁沿いに進むということが示されている。だから左側通行が自然なのであって、守るべき左側を他人や他人の車とのすれちがいにさらす右側通行はおかしいのだ、とパーキンソンはいっている。

たしかにそうかもしれないが、とにかく左側通行に慣れたぼくら日本人には、マレーシアやケニアの歩き方はありがたい。

けれどイギリス式でも当惑するものがあった。それは車で道を通るときの「ロータリー方式」と呼ばれるものであった。

今から三〇年ばかり前、ぼくがはじめてサバ州に着いたとき、町には交通信号というものがほとんどなかった。特に州の旧都サンダカンではそうだった。

道はかなり広いのだが、交差点とかT字路には道の出合うところに必ず草の生えた大きなロータリーがある。ここで車が進むときに、ぼくらが想像もしていなかったような規則があることを教わったのである。

それは先にロータリーに接した車のほうが先に行くという規則である。というといとも簡単そうに聞こえるが、たいていの日本人はどぎまぎしていた。

たぶん図を描いてみなければよくわからないと思う。

交差点の手前から車Aが直進してくる。そのとき、右側の道からべつの車Bが走ってきて、ほんの一瞬先にロータリーに接したとする。さあ、車Aと車Bとどっちが先に進むかということだ。

日本でだったら、直進してきた車Aがそのまま走っていき、車Bはロータリーわきに止まって待つはずだ。

ところがサバでは違う。Aが止まって待ち、先にロータリーに接していたBがそのまま先に進むのである。AはBの左側をすり抜けてもいけない。Bを先に行かせ、そのあとからついて行かなくてはならないのだ。

左の絵のように車が少なければまあよかろう。けれど朝夕のラッシュ時でたくさんの車が錯綜《さくそう》する場合だと大変である。

右側の道から次々に車がやってくると、Aも、それにつづいてくる直進車も進むことができない。止まって待っているほかはない。

そして何とか右側から来る車のすきができたときに、いち早く車を進めてロータリーに接してしまわねばならない。そうすればつづいて左側から来る車が待ってくれる。

車Bの運転者がたまたまぼくらのように不慣れな日本人だったら、ついロータリーわきで車を止め、Aを先に行かせようとする。けれどAはこちらが進むまで断固動こうとはしない。まもなくAもその後続の何台かの車もクラクションを鳴らし始めるのは必定だ。ぼくら研究班のリーダーでマレーシア経験の長い吉井良三先生が、そのたびに「こ

っちが先！」と注意した。

ケニアの大きな町でも同じようなことをしばしば経験した。ナイロビのメイン・ストリートの交差点ロータリーで、いつになったら走れるのかといらいらしたことがよくあった。

かつて車が少なかったとき、これはよい方式であっただろう。しかし今はもうほとんど交通信号方式に変わっている。

オーストラリアのコアラと英語

一九八三年のＩＥＣ（国際動物行動学会）は、オーストラリア・クィーンズランドのブリスベーンで開かれた。もともとこの学会は一年おきに、発祥の地であるヨーロッパのどこかとヨーロッパ以外のどこかで交代に開催されることになっていた。

八三年はオーストラリアで、と決まったときは大議論であった。いくら何でもオーストラリアは遠すぎる、航空賃が大変だ、参加者が減ったらどうするか等々。

責任者はクィーンズランド大学の理学部長のジロー・キッカワ先生。橘川次郎という名前からわかるとおり、純粋の日本人。若いときオーストラリアへ渡り、日本よりずっと国際的な研究環境の中で数々のすばらしい研究をした世界的な動物生態学者である。先生が日本語で書いたメジロの生態学のすばらしい本も日本で出版されている（『メジロの眼――行動・生態・進化のしくみ』海游舎、二〇〇四年）。

有名なグレートバリアリーフやコアラ、カンガルー、カモノハシ、そしてエアーズロックや大砂漠などをぜひ見たい、そしてキッカワに会いたいと思った人々がたくさんいったので、学会前の心配などどこへやら、実際の参加者はいつもの学会よりはるかに多かった。

開会式の演壇上には何匹かのコアラがユーカリの木にしがみついており、参加者たちは歓声をあげて駆けよって、コアラの柔らかい毛を撫《な》でた。ただし政府のコアラ保護官がそばに立っていて、抱きあげようとする人には「だめですよ」と制止の言葉をかけていた。

コアラはほんとに愛らしかったが、「ユーカリにしがみついたまま進化の流れからとり残された」とだれかがいったその姿は、何となく哀《かな》しいものにも見えた。

学会初日の九月一日は、南半球のオーストラリアでは春の始まりとされている日であった。目に入る木はみなユーカリの仲間。裏も表もないその葉は、一日、一日と緑が濃くなっていき、その枝に咲く不可思議な形の花に飛んでくるチョウの姿は、一日、一日とふえていく。ぼくはグレートバリアリーフにもエアーズロックにも行かなかったけれど、ブリスベーンで南半球の春を満喫した。

楽しみにしていたカモノハシやハリモグラ、それにさまざまなカンガルーたちも、野生の姿を見るのは無理であった。こういうオーストラリア土着の動物たちは、持ち込まれたウシやウサギによってほとんど追い払われてしまったのである。

オーストラリアの食べものはまずいぞと聞いていた。残念ながらそれは本当であった。

ぼくらの宿舎になった学生寮はなかなか立派で、ちょうど春休みの間帰宅している学生たちは、部屋の中はそのままにして、宿泊者である学会参加者のためにベッドとトイレだけを提供してくれていた。机のわきには自分の彼女の写真などがいっぱい貼ってあり、若い学生たちの生活が偲《しの》ばれて楽しかったが、食事はお世辞にもおいしいとはいえなかった。

オーストラリアについてもう一つ聞いていたのは、例のオーストラリア英語のことである。

オーストラリアの英語では、エイという発音がみんなアイになる。A、B、C（エイ、ビー、シー）はアイ、ビー、シーに、日曜日、月曜日（サンデイ、マンデイ）はサンダイ、マンダイになるんだぞ。だから道で出会った友人に「今日どこへ行く？」と聞くと、「ぼくは病院へ死にに行く」（アイ・アム・ゴーイング・トゥー・ホスピタル・トゥー・ダイ）と答えることもある。「今日」（トゥデイ）がトゥダイになってしまうからだ。こんな話を何度も聞いた。

これも本当だった。

「このサイム・プライスに……」学会の発表でもオーストラリアの研究者はこうしゃべる。サイム・プライス？　ああセイム・プレイス（同じ場所）か。つづけて彼はこういう――「トゥー・マイルズ」。ああ距離が二マイルあるのだな。

ところが次はこうだった。「アンド・スリー・フィーマイルズ」ひょっとしてフィーマイルズってフィーメイル（メス）のこと？　だったらさっきのは二マイルの距離ではなく二匹のオス（メイル）なのか。

最初は面食らったこのオーストラリア英語にも、すぐ慣れた。自分の名前のスペリングをいうときも、HIDAKAをエイチ・アイ・ディー・エイ・ケイ・エイでなく、すらすらとアイチ・アイ・ディー・アイ・カイ・アイという。すると相手もすぐわかり、「オー、ヒダカ。オーカイ」（オーケイ）と答えるのだった。けれどAのアイとIのアイがどう違うのかぼくにはわからなかったし、今でもまだわからない。それやこれやで、オーストラリアの印象は強烈であった。

セーヌ川のほとりで

一九八二年のことだった。フィンランドのヘルシンキで開かれた国際哺乳類学会のあと、ぼくは一緒に学会へ出席した研究生の山本伊津子さんを連れて、ほんとうに急ぎ足でドイツとフランスを回った。旅というよりは視察旅行のようなものだったが、それははじめて行くヨーロッパというところを少しでも多く見ておきたいという彼女の希望からでもあった。

ドイツからフランスに入ってパリへ着くと、すぐに郊外イエールにぼくの在仏時代の先生であったルネ・ボードワン先生の家を訪ね、一晩泊めてもらう。そこで彼女はフランスの家庭での人々の振舞いが「まるでフランス映画そっくり」であることに驚いた。

翌日ぼくらはパリへ向かう。「やっぱりセーヌ川へ行ってみたいな」というので、まずセーヌ川のほとりでタクシーを降り、歩きだした。パリの町なかのセーヌ川はどこもしっかり護岸工事がされており、草の生えた河原などというものはない。見回せばノートルダムをはじめとして世にも名高い建物ばかり。その中を流れる川面《かわも》には有名なナヴエットという観光船が何隻も川を遡り、下っていく。その船上の楽しそうな人々。彼女には感激そのものだった。ぼくはパリははじめてではない。もう何度も見ているのだが、やっぱりパリだ、セーヌ川だという感慨は深かった。

そんなぐあいで歩いていくうちに、開けた砂地のところへ出た。護岸のやり直し工事か何かのためだろうが、セーヌ川沿いには珍しく空き地のようになっていた。自家用車らしい車が二、三台停めてあったが、もちろん駐車禁止の標識が出されており、その近くには若い警官が一人立っていた。ぼくらがそこを通りすぎようとしたら、一台のしゃれた車が入ってきた。

見ると運転しているのは若いなかなか美人の奥さんだ。どうやらここへ車を停めようというらしい。案の定、彼女は車を空き地の一角に停め、車から降りてきた。早速そこへさっきの警官が近寄ってきた。フランス警察の制服であるカスケット帽が似合う、なかなかすっきりした若者である。近づくや否や警官は奥さんに声をかけた。

「マダーム。ここは駐車禁止なんですよ」そういいながら標識を指さす。

「あらそう？　でもたった一五分だからいいでしょ」

「いや、だめです。とにかく免許証を見せてください」

「記録するんですか？」

「いや記録はしません、拝見するだけです」

奥さんが免許証を差し出すと、警官はそれを手に取り、じっと見ていた。

「ま、いいでしょ。だけどほんとに一五分だけですよ」

「メルシー、ムッシュー。一五分で戻ってきますから」

「はい。ほんとに一五分ですよ」

「メルシー、ムッシュー。メルシー」

ところがそういって立ち去ろうとする奥さんを、警官が呼び止めた。

「マダーム」

「何ですか？」

と立ち止まって振り向いた奥さんに警官はいった。

「あの、今晩おひまじゃありませんか？」

なるほど、やっぱりさすがフランスだ。こんなとき女の人はどうするのだろう？

奥さんはにっこり笑みを浮かべていった。

「メルシー、ムッシュー。だけど今晩は主人と食事をすることになっていますの」

警官もひるまない。「じゃあ明日の晩は？」

「明日はお友だちと」

「あさっては？」

「あさっては家に知人を招いてます」

そこで警官はあきらめた。

「残念！　じゃほんとに一五分ですよ、マダーム。オー・ルヴォアール（さようなら）」

「ウィ、メルシー、ムッシュー」

奥さんは笑顔で礼をいい、歩き去った。

制服で仕事中の警官と若い奥さんの、ほんとに大人の会話であった。奥さんの「メルシー」の中には、女としての自分に声をかけてくれたことへのお礼もこめられていたにちがいない。

ニア洞窟とツバメの巣

ぼくは東マレーシア（ボルネオ）のサラワクを何度か訪れているが、一九九九年、滋賀県立大の荻野《おぎの》和彦《かずひこ》先生と行ったときは、前々から憧れていたニア洞窟を見ることができた。

サラワク北東部のこの巨大な洞窟は、ニア国立公園の中にある。国立公園の事務所でしかるべき手続きを終え、熱帯林の中を六キロほど、生きものたちを見ながら歩くのは楽しかった。

この洞窟には見るものがいろいろあるが、有名なのはツバメの巣とりである。最高級中華料理に属する燕窩《えんか》スープの材料であるツバメの巣が、この洞窟でとれるのである。

ツバメの巣といっても、もちろん日本にいるツバメのとはちがう。あのツバメの巣は泥でできているから食べられない。日本の山にいるイワツバメともちがう。ものすごい速さで飛ぶので有名なアマツバメの仲間で、南アジアの海に近い土地の洞窟に集団で営巣するアナツバメという鳥の巣なのである。

アマツバメの仲間はツバメとはかなりちがう仲間の鳥である。姿や大きさはツバメに似ており、空中を飛びまわって飛んでいる虫を捕らえて食べることも同じだが、巣は自分の羽などを自分の唾液で固めて作る。その中でもとくにアナツバメの仲間は、唾腺がよく発達していて大量の粘っこい唾液を出し、ほとんどこの唾液だけで巣を作る。これに昔の中国人が目をとめ、高級な料理に使うことにしたのである。

巨大なニア洞窟には何万というアナツバメが巣をかけており、ツバメの巣をとる絶好の場所になっている。

洞窟の入口は高さ六〇メートル、幅二五〇メートルという広大さだ。サラワクで調査研究をしている人たちから何度か話には聞いていたが、こんなに大きな入口とは思わなかった。

当然大昔から人間が住んでいたので、洞窟のあちこちに洞窟壁画をはじめとして、さまざまな考古学的遺跡がある。

この広い入口から奥へ入っていくと、一〇人ほどの人々がいた。観光客でないことはすぐわかった。洞窟の天井に向けて高く立てられた木の柱を囲んで、せっせと何か働いている。

それはツバメの巣をとるためのしかけであった。

それほど太くはない木を何本もしっかりつなげたものが、六〇メートル上の天井に向かって立っている。その柱の何カ所かから、いろいろな方向に向かってロープが張られ、その先が岩などにしばりつけられている。柱を支えているのだ。

しばらく見ていると、若い男がこの柱を登りはじめた。慣れた様子でするすると登ってゆく。そして六〇メートル近い柱のてっぺんにとりつけられた横棒の上に立つ。見ているだけでぼくの足は震えてきた。

若い男は慣れたものだ。下から高く差しだされた長さ一〇メートル近い長い棒を軽々と受けとり、横棒の上に立ってその棒を洞窟の天井の一角に向ける。そしてそこに付いているアナツバメの巣を、棒の先で次々と器用にこそげとる。

次々に落ちてくる巣は、下で待っている男たちが拾う。こうして何十個かの巣が集められていった。

中華料理のツバメの巣はとてもおいしいものだそうだ。残念ながらぼくはまだ食べたことがない。一度食べてみようと思ってはいるのだが、やたらと高価な料理だし予約も必要なので、なかなか機会がないのである。

あの巣はこうしてとるものなのか！　まるで曲芸ではないか。六〇メートルの細い柱のてっぺんの横棒に立っている男には、もちろん命綱などついていない。落ちたら大けがどころか命はおそらくないだろう。ツバメの巣の料理が高価なのもうなずけた。

聞けばツバメの巣とりはこのあたりの重要な産業の一つだということだ。しかしそれ

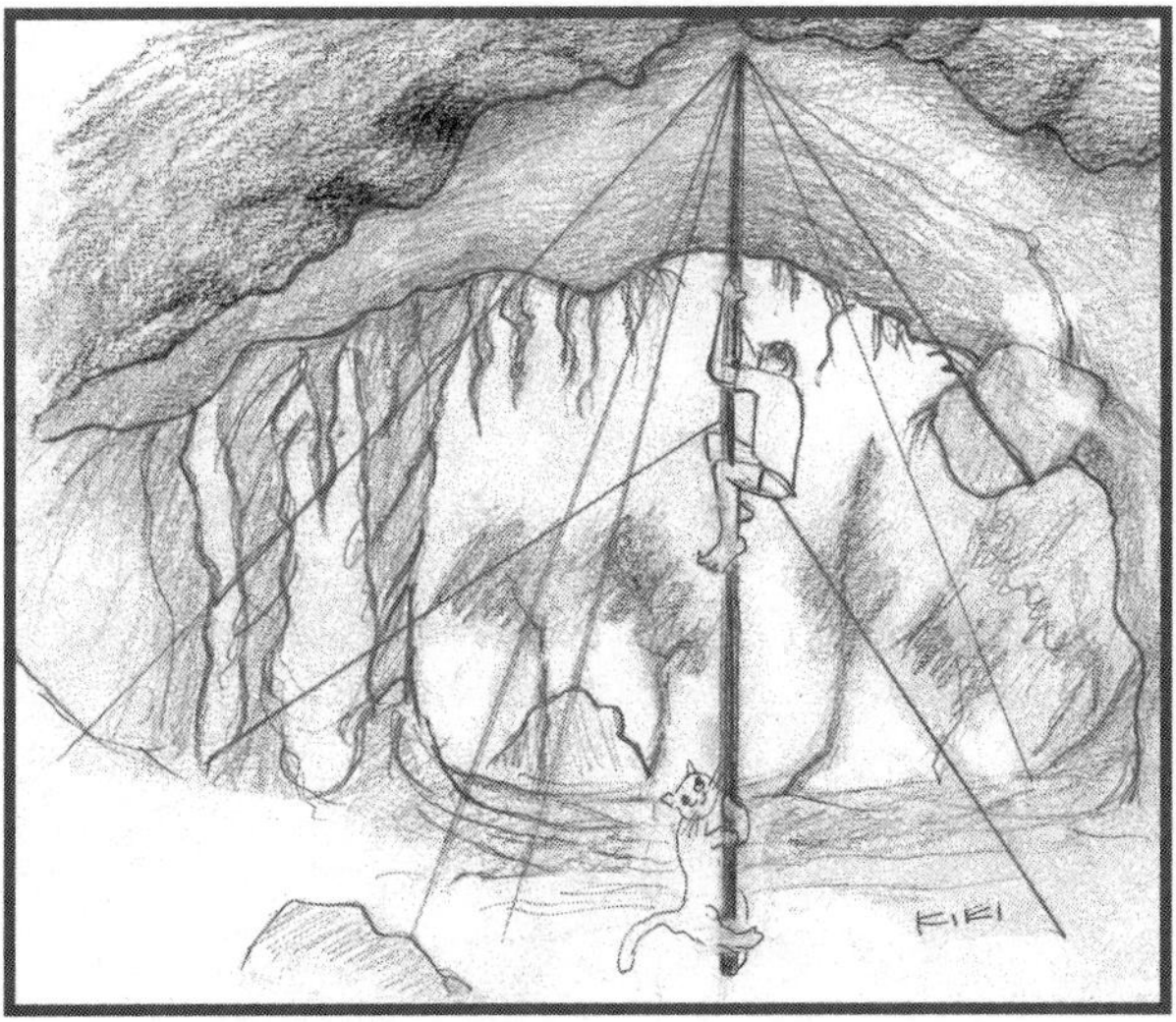
KIKI

にしても命がけの産業という他はない。

天井の一カ所にある巣をとってしまうと、また他の場所に柱を立て、同じ曲芸を繰り返す。

こうやって一日にいくつの巣がとれ、それがいくらに売れるのか？　グループでその売り上げをどう分けるのか？　洞窟の中を一巡りして戻ってきたときに出会ったツバメとりの一団に聞いてみたが、明確な答えはしてくれなかった。

垣間見たタイのプーケット

京都大学の理学部長という重職も終わり、そのあと京都で開かれた、アジアではじめての国際動物行動学会も大成功。

ほっと肩の荷が下りたような安心感をおぼえた一九九一年の秋、タイ国バンコク、チュラロンコン大学のソムサク・パンハ君から連絡があった。翌一九九二年三月末に、バンコクで環境教育シンポジウムを開くから、ぜひ来て講演をしてくださいというのである。

シンポジウムを共催するのは日本の日立《ひたち》国際奨学財団。かつてソムサク君はこの財団からの派遣第一号者として京大のぼくの研究室に三年間留学し、タイの野生大型カタツムリ養殖の基礎としてその生物学を研究し、京大理学博士の学位を取得している。そして母校チュラロンコン大学の先生として活躍をつづけていた。シンポジウムのあと、ぼくをタイの有名な観光地であるプーケットへ案内したいという。もちろん、ぼくは大喜びで引き受けた。

一九九二年の三月二七日、ぼくはバンコクへ着いた。

春のバンコクは乾季で暑かった。久しぶりに味わうバンコクの車の大渋滞。でも翌二八日と二九日のシンポジウムは大盛況で、日立奨学財団の理事長である浅村裕《あさむらゆたか》さんも出席。そのあとのパーティーでタイの日立留学生OBの会も設立され、ソムサク君が初代会長に選ばれるなど、ぼくにとってはうれしいことばかりであった。

三〇日は前々から親しくしているソムサク君の上司ファイブル教授一家の昼食に招かれ、懐かしいひとときを過ごしたが、その前にソムサク君が早朝からバンコク周辺を案内してくれた。

市場は相変わらずの大繁昌《だいはんじょう》。香料になる水生昆虫タガメなど、じつにさまざまなタイの食べものの並ぶ店を次々に見て歩いた。

つづいて有名なフローティング・マーケット。その名のとおり、小川沿いに浮かぶ市場は興味つきない楽しさであった。バンコク郊外の塩田もはじめて見た。

その翌日から、いよいよ飛行機でプーケットだ。

ソムサク君一家と翌年京大へ来るかもしれないワニーさん一家も一緒だった。

昔からさまざまな国の建物の入りまじるにぎやかなプーケット・タウンは、見るもの見るもの珍しく、時間が少ないのが悔まれた。巨大な寝姿の仏像とそれに祈る人々の姿に、ぼくはタイの仏教文化の深さをしみじみと感じた。

プーケットはタイ南端のアンダマン海側にある島だ。プーケット国際空港から南へ、たくさんの小島を含めて無数の観光スポットが点在する。ぼくらが行ったのは東側のパンガー湾のクルーズだけだから、ほんとにプーケットを垣間見《かいまみ》たにすぎないが、ぼくはその美しさ、珍しさに目を見張った。クルーズの船が静かな海上を進みはじめると、辺りは小さな島々のまわりに広がる豊かなマングローブである。日本のマングローブとはちがった趣の、熱帯の海のマングローブにぼくはただただ目を奪われるばかりであった。その向こうには奇異な姿の島がそびえている。船はそういう島々の間を縫うように進む。

そのうちに乗客たちから驚きの声があがる。

それらの島の陰から、海に突き刺さったような不思議な島が現れたのだ。あのピンガー島、「007」で有名になったというジェームズ・ボンド島である。砲弾状の巨大な岩の塊にしがみつくように木が生えている。どうやってこんな島ができたのであろうか。

ピンガー島を横目にして、船はさらに進み、しばらくすると、左側の一つの島に近づいていく。何とその島の下部は、深い洞窟になっているではないか。洞窟の下には青い静かな海が広がっている。

あとでガイドブックを見ると、こういう小島はいくつもあるようで、最近、シーカヌーという小さなゴムボートに乗り換えて洞窟に入るアドベンチャーがブームになってい

るそうだ。

やがて広々とした海に出た。その向こうに宮殿のような建物とその下にのびる海面すれすれの小さな家々が見えてきた。パンジー島である。小さな家々は海上住宅で、たくさんの人が住んでいる。上陸して昼食をとる。海上住宅には郵便局やいろいろな店があり、幼稚園まであった。

パンジー島をあとにしてプーケット・タウンに戻っても、この何とも不思議な船の旅は心を離れなかった。

四月二日、ぼくはソムサク君とタイの友人たちに心からのお礼をいい、マレーシアのクアラルンプールへ向けてプーケット空港を飛び立った。

思い出のブルターニュ

ふと考えてみたら、ぼくがルネ・ボードワン先生に招かれて、はじめてのフランス、いやはじめての外国へ行ったのが一九六四年の夏七月中旬。もう四〇年以上前のことである。あれがきっかけとなって、その後ぼくは何回もフランスへ旅している。その間にフランスもずいぶん変わった。もう色もだいぶうすれた当時の古いスライドを眺めていると、懐かしい思い出がよみがえってくる。

パリで開かれた国際比較内分泌学シンポジウムという一週間の学会が終わり、パリ郊外のイエールにあるボードワン先生の家で二、三日過ごしたばかりのぼくを、先生はブルターニュへの二週間の旅に連れていってくれたのである。一〇日ほどの滞在で少しはなじみのできたパリとはまったくちがうノルマンディーとブルターニュは、見るものすべてが驚きであり感動であった。

七月二九日の朝、先生の車はパリからベルサイユを経てまずルーアンへ向かう。そしてルーアンからル・アーヴルへ。

これがあのルーアンか、ル・アーヴルかと思うひまもなく、先生は車を走らせる。外の景色はどんどん変わり、畑や林を過ぎて小さな町が現れる。道には町の名を記した札が立っているから、次はどこの町かすぐわかる。どの町にも高い教会の塔があり、それに寄りそうように家々が建っている。ああキリスト教の国だなとしみじみ思った。

もう昼過ぎ、ここでお昼にしようといいながら、先生は道ばたの民家風のレストランへ車を入れた。

「ムッシュー」といって迎えてくれるウェイトレスの民族衣装が美しくかわいらしい。これがノルマンディーだと先生はいった。

次の大きな町はカアンだった。「この町も戦争で完全に平らになった」と先生の説明。町のすべてが破壊されたという意味だ。だが今はもうすっかり復元されている。車の中からカテドラル（大聖堂）も見えた。

そしてバイユー、クータンスを経てピルーという小さな町へ。そこで先生の親戚の家に泊まる。

翌日は朝の引き潮を目がけてピルーの海へ出る。前々から先生がいっていたエポフィルスという海生昆虫がいるかもしれないというのだ。引いてゆく潮を追って沖へ歩く。その水の冷たいこと。ぼくはたちまちにして唇が紫色になった。

この海は英仏海峡である。英仏海峡を泳いで渡るという話はよく聞いていたが、それがどれほど大変なことか、それこそ身に沁みてわかった。

　残念なことにエポフィルスはいなかった。親戚の家に戻り、午後は一家の子どもたちとコタンタン半島突端のアーグ岬へ。七月末というのに風は冷たい。

「あ、イギリスが見える」

　皆が指さす方向に小さな島が見えた。すぐ目と鼻の先にあるイギリス領チャンネル諸島のオルダニー島である。

「目の前の島がイギリス領だなんて不愉快ではないですか?」といったら、先生は吐き捨てるようにいった。

「ひじょうに不愉快だ」

　翌日はもう八月だ。朝少しゆっくりに出発し、相変わらずたてつづけの先生の説明にいささか閉口しながら行くうちに、海にそびえる不思議な姿の島が見えてきた。

「モン・サン・ミシェルだ」

　これがかの有名なモン・サン・ミシェルか。聖地だと聞いてはいたけれど、土産物屋ばかりが並ぶ光景に、ぼくは思わず日本の江の島を思い出してしまった。

　それからはずっと海沿いの道だった。途中通ったサン・マローの町を行進する軍楽隊を見て、やっぱり日本とはちがうなと感じた。

　ディナールというところに潮汐《ちょうせき》発電所を造っているからそれをぜひ見せたいと先生

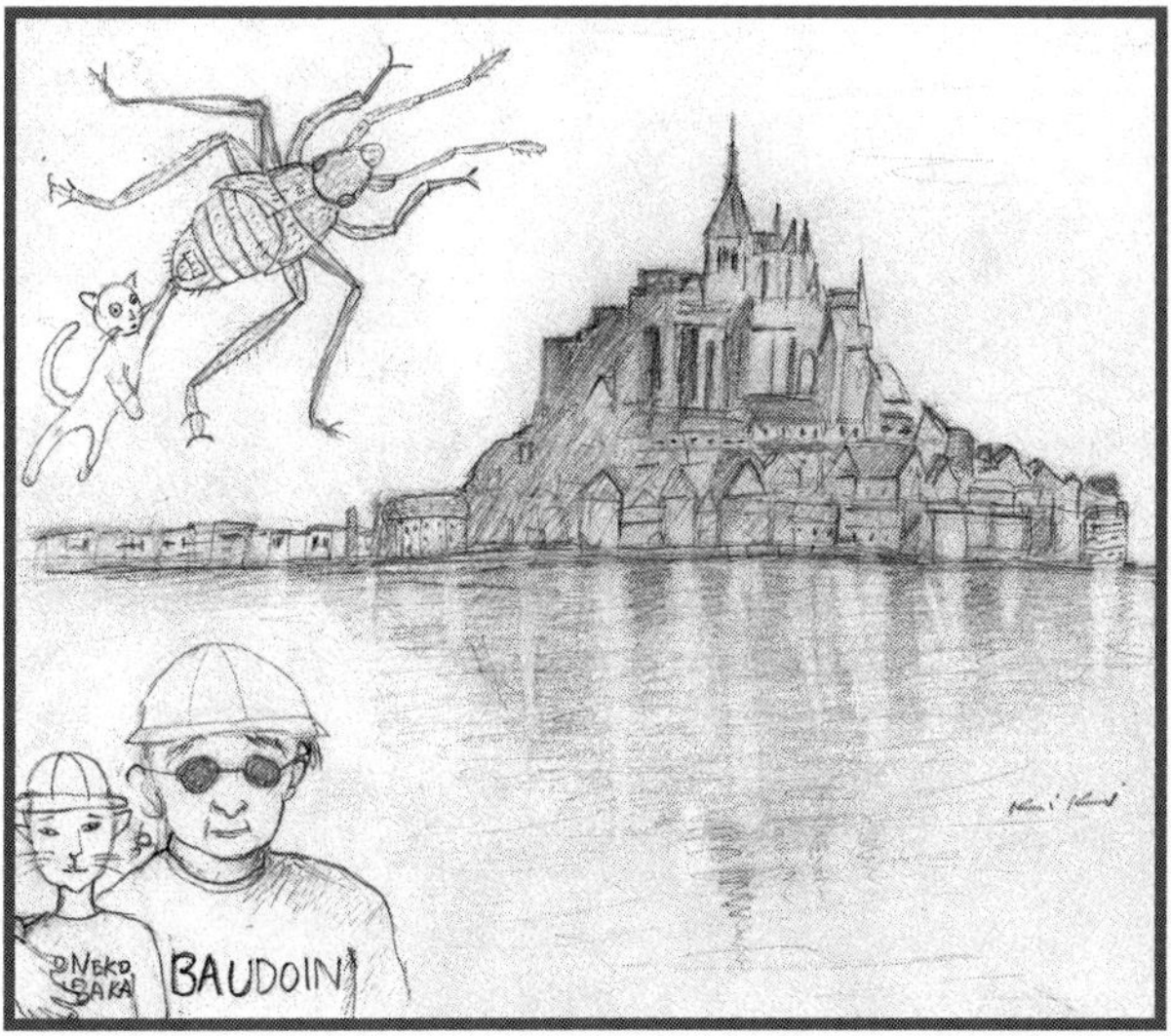
NEKO
SAKA
BAUDOIN

はいう。

英仏海峡は潮の干満の差がはげしく、一〇メートル以上にも達するという。それを利用して発電しようというアイデアである。まだ建設途上だったので、どんなものになるのかわからなかったが、おもしろい発想だなと思った。ただし、ずっとのちに聞いたところでは、発電所は操業を始めたが、環境への問題があるので中止されたそうである。ディナールの潮汐発電所をあとにすると、いよいよブルターニュらしい景色になってきた。

ブルターニュというのは土地の名で、行政区画としてはフィニステール県と呼ばれる。フランス語でフィニスは「終わる」、テールは「大地」の意味。つまり「地の果て県」だ。ヨーロッパ大陸が英仏海峡に沿って、西の大西洋に延びだしている半島である。

冬は寒い土地であるが、南北を海に挟まれているために湿度は高い。道ばたにはシダが茂り、町ごとにある教会の塔にはコケ（苔）、より正確には地衣類が点々と生えている。木々の茂った丘や小山が次々にあって、なんとなく日本で見る景色とよく似ていた。

そんな丘の一角に、ところどころ明るいピンク色に輝いている場所がある。

「ブリュイエールだ」とボードワン先生が説明してくれる。ブリュイエールとは英語でいうヒース。ツツジの仲間の灌木《かんぼく》で、小さな花を一面に咲かす。日本では小さな鉢に植えたものをエリカという名で売っている。その姿は愛らしく、ぼくの大好きな植物の一つである。

けれど、英語でヒース、ドイツ語でエリカと呼ばれるこのブリュイエールは、北部ヨーロッパからイギリスでは大変困った植物なのだ。

ブリュイエールが生える土地は酸性が強いので、他の植物は生えられない。ヒツジもウシもこの植物を食べないので、家畜を放牧するわけにもいかない。つまりブリュイエールの茂る丘はまったく何の役にも立たない荒地の象徴なのである。けれどぼくは、はじめて見た野生のブリュイエールの美しさにすっかり感動してしまった。

目指していたのはロスコフであった。ロスコフにはパリ大学の臨海実験所があり、若き日のボードワン先生はそこでエポフィルスの研究をして博士の学位を得たのである。

先生に連れられて実験所の中をまわり、何人かの有名な先生からおもしろい研究の話を聞いた感激の一日であった。

ロスコフでは念願のエポフィルスにも会えた。

ピルーのときと同様、引いてゆく潮を追ってどんどん沖へ歩く。もうこれ以上潮は引かないという干潮線ギリギリの場所の岩に、ボードワン先生はずっと手に下げてきた鉄のレバーを突っこんだ。岩が剝がれると、中から小さなカメムシのような虫が何匹かとびだしてきて、海底の砂や海綿の上を走りまわった。

「見なさい！　これがエポフィルスだ！」と先生が叫ぶ。感動の一瞬であった。

満ちてくる潮に追い立てられるようにして海岸に戻り、ホテルの窓から眺めると、さっきエポフィルスを見たあたりはもう一面の海。かなり大きな船が走っていた。

翌日はブルターニュ半島の西の端にある軍港の町ブレストを経て、ル・コンケの港から船に乗り、大西洋の離れ小島モレーヌへ渡った。オマールエビ漁を生業《なりわい》とする家が二〇軒ほどしかないこの島の、名ばかりのホテルに泊まる。一つだけしかないトイレの便器は形こそ洋式だが、水がないので中は汚物の山。写真に撮ろうとしたらボードワン先生に叱られた。

夜は菜っ葉服の漁師たちが次々と酒を飲みにくる。黄色人種をはじめて見たというその人々は、明日の朝早くおれたちの船に乗れ、オマールエビ漁を見せてやるといってくれた。ぼくは大いに気をそそられたが、ボードワン先生のお許しが出なかった。

帰りの船には船長の姪《めい》が乗ってきた。一八歳のその娘は、生まれてはじめて大陸へ行くという。しきりにパリのことを聞かれたが、日本がどこにあるかは知らなかった。数日後ぼくが彼女に出した手紙の宛て先は、モレーヌ島、船長の姪マリー・テレーズ様。これだけでちゃんと本人に届き、とてもうれしかったという返事がきた。ただしスペリングなどはめちゃくちゃで、声に出して読んでみるとやっとわかるという文章だった。フランスの田舎というのはこういうものか。

大陸に戻ってからは大急ぎの旅になった。カンペール、ロリアンを経て、有名なカル

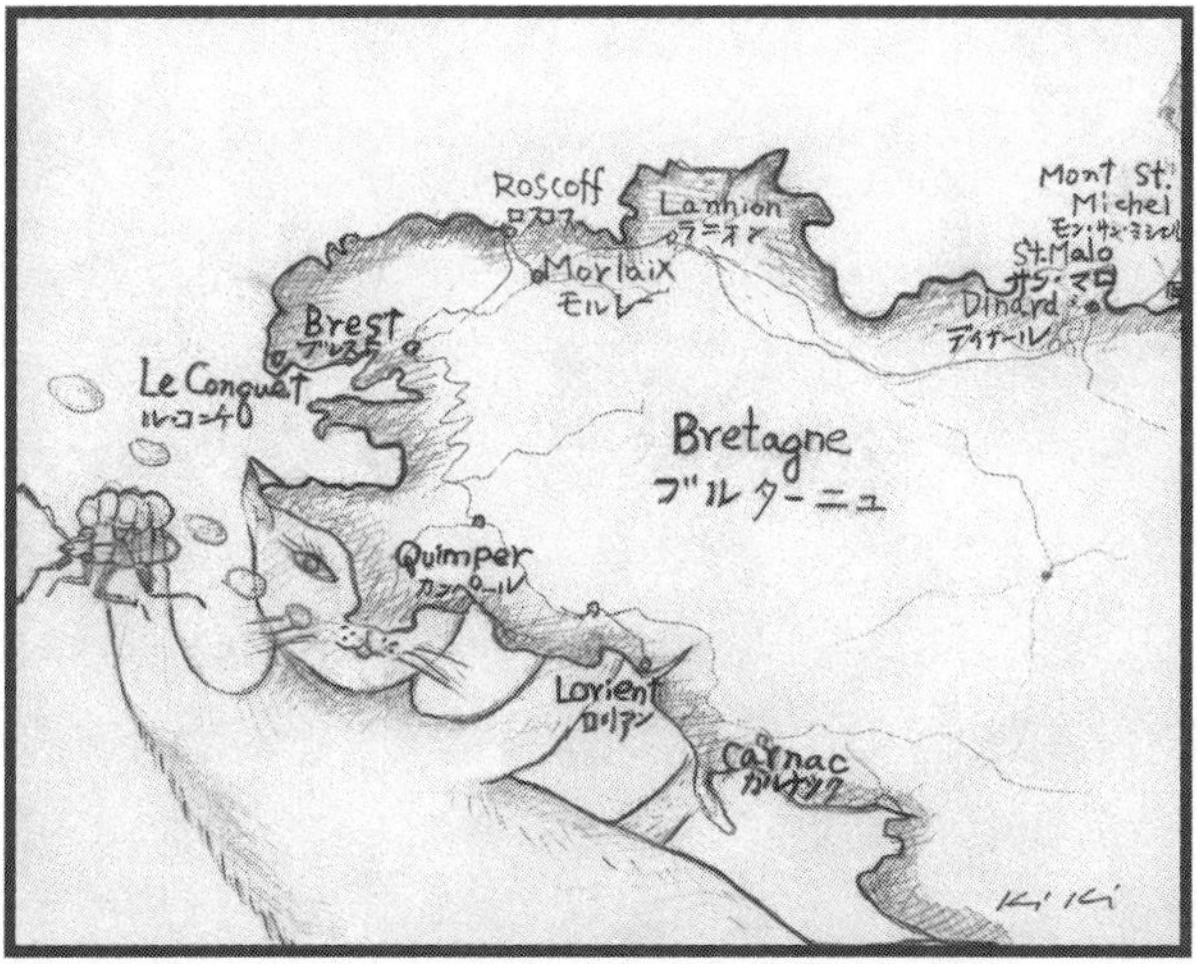
Roscoff
Lannion
ラニオン
Mont St. Michel
St.Malo
サン・マロ
Morlaix
モルレー
Dinard
ディナール
Brest
Le Conquet
Bretagne
ブルターニュ
Quimper
Lorient
ロリアン
Carnac
カルナック
KiKi

ナックの巨石群遺跡。果てしなくつづく巨大な石は、いったいいつ、だれが、何のために並べたのであろうか。

車がラ・ロシェルの町に入ると、ボードワン先生は急に里心がついたらしい。「まだ間にあう」といったかと思うと車のスピードをあげ、出発直前のフェリーに滑りこんで、一路家族の待つレエ島のサン・マルタンへと向かった。

せわしかったブルターニュの旅は終わり、一カ月にわたるイール・ド・レエ（レエ島）でのバカンスが始まった。

南フランスのアレスにて

四〇年以上前のフランスの旅の思い出を書き終えて間もなく、つまり二〇〇四年の七月に、ぼくはまたパリ行きのフランス航空機に乗ることになった。

あのブルターニュの旅に連れていってくれたルネ・ボードワン先生が、もう九六歳にもなられ、南フランスの老人ホームで老いの日々を過ごしておられるので、お見舞いに行くことにしたのである。

ところが関西空港に到着してみると、当のフランス航空機は部品の不備とかで三時間の遅れ。パリへ着くのは現地時間で二〇時になるという。

パリのシャルル・ド・ゴール空港で乗り換えるはずの南フランス・モンペリエ行きが一八時発だから、到底間にあわない。結局、空港の中のしがないホテル泊ということになってしまった。

ぼくはよく旅でこういう目に遭うのだが、やはりよほど心掛けが悪いのだろうか？

翌朝、パリを一番機で発ち、一〇時頃モンペリエ着。一人で待たせてしまった先生の娘ジュヌヴィエーヴとホテルで落ち合い、せわしなく先生の老人ホームがあるアレスという田舎町へタクシーで向かう。もう地中海に近い南フランスの丘陵地にブドウ畑が広がる。パリ郊外とはまるでちがう景色に、気持ちもすっかり明るくなった。

おしゃべりで人のいい運転手の話によると、数年前ここらは大洪水に見舞われたとか。途中にあった大きなスーパーはまだ店を閉めたままだった。そういえば、たいていの店も庭先に商品を並べている。店を復興するお金がないからだ、と運転手は説明してくれた。たいした川もないのに大洪水とは不思議だったが、大きな川がないのがかえっていけなかったのかもしれない。

一時間ほどしてアレスの町に着き、鉄道の駅で待っていた先生の長男ドミニックに会う。彼とも何と三〇年ぶりの再会だ。かつて若かったドミニックも、もう六〇歳を過ぎた医師である。あのブルターニュを旅した最初の訪仏以来、ずいぶん年が経ったのだなあ。

駅の近くで昼食をすませ、とりあえずドミニックの家へ。都会が嫌いなドミニックは、ずっとこのプロヴァンスの田舎町アレスのそのまたとなりの小さな静かな町に医師として住んでいる。その間に最初の奥さんと別れ、南米コロンビア出身のナンシーと再婚した。その話はかつてボードワン先生からたびたび聞いていたが、ナンシーに会うのはもちろんはじめてだった。コロンビア人だからインディオ系で、顔立ちも肌の色もぼくらに近く、スペイン語なまりのフランス語でしゃべりまくる。それをちゃんと聞き取るには苦労した。

午後、いよいよ先生を老人ホームに訪ねる。ノートルダム・デ・パン（松の修道会）と名乗るカトリック系の団体がやっているこの「退職者の家」というホームは、その名のとおり、たくさんの地中海松の木に囲まれた落ち着いた場所だった。

ボードワン先生はもうすっかり年をとられ、目も見えず、意識や言葉も不確かで、いつも「疲れて」いるということだったが、ぼくの来ることは知っていて、語りかけたら、「おお、トシ！」といってぼくの顔を見つめ、ぼくが握った手をぎゅっと握りしめてきた。先生がぼくを「トシ」と名前で呼んだのはこれがはじめてであった。よほどうれしかったに違いない。

それから二時間ほど、ホームの庭でさわやかなプロヴァンスのそよ風に吹かれながら、ジュヌヴィエーヴとぼくは車椅子の先生といろいろな話をした。

話がエポフィルス（一四九ページ参照）のことにふれると先生は、「あの虫は昔はたくさんいたものだ」とつぶやいた。かつての研究のことを思い出していたのだろう。

先生の家の「研究室」に山と積まれた標本や資料を、パリの国立博物館の人に整理保存してもらう手だてをジュヌヴィエーヴが整えていてくれることを伝えると、先生はほんとうにうれしそうな顔をした。そしてほっとしたのか、「疲れた。眠りたい」とつぶやいた。先生を部屋に連れてゆき、先生が眠りこむのを見て、ぼくも何かほっとした。夕方はドミニックの新しい、プールまである大きな家で、ナンシーとの間の娘ナタリーと隣人夫婦を交えての夕食。「あと二年働いたら仕事をやめる。ぜひ日本へ行ってみたい」というドミニックを見ながら、ああ、こうして時は移ってゆくのだなあと思った。

中国西安へのあわただしい旅

二〇〇四年の八月末、ぼくはさっぱり進路の定まらない台風一六号の動きを不安気に見つめていた。九月一日からわれわれの総合地球環境学研究所（地球研）の福嶌義宏《ふくしまよしひろ》先生に連れられて、中国の西安《シーアン》に行くことになっていたからである。

ぼくらにとっては幸いなことに、台風はその前日、一挙にスピードをあげて北方へ駆け抜けていった。福嶌先生とぼく、そして研究協力課事務職員の吉田廉《よしだれん》さんの三人は、昼すぎに無事北京の空港に着いた。

かつて地球研の中尾正義《なかをまさよし》先生のプロジェクトの一環で来たとき、昔とくらべてその変わりように驚いた北京空港は、ますます立派になっていた。

航空餐庁（航空レストラン）でビールを飲みながら、成田から来て合流予定の福嶌プロジェクト・メンバーの馬《マー》さんを待つ。

物珍しげに餐庁の壁を見まわすと、「ISO9001取得を目指して申請中」とか、「サービスについての苦情は〇〇番へ電話ください」「品質や価格については〇〇番へ」とか書いてある。四年後のオリンピックを控えて、国際化への意気込みがよくわかった。

その一方、「餐庁内禁止吸烟」（レストラン内では禁煙）とそこらじゅうに書いてあるのに、客たちは平気でタバコを吸っている。そして店の人は次々と灰皿を配って歩く。

やがて馬さんが到着した。中国東方航空で西安へ向かう。酒類はもちろん、ジュース、牛乳に至るまで水物はすべて機内持ち込み禁止。ガソリンのような発火性の液体を警戒してのことである。けれど安全検査を経ると、ゲートまでに並ぶ派手な空港ショップでは、とりどりのお酒を売っていた。

この西安行きは、福嶌先生がリーダーをしている地球研の黄河《こうが》プロジェクトの一環であった。中国西部には黄土《こうど》高原という台地が延々と広がっている。そこはそのさらに西方から風で飛ばされてきた黄砂が、長い長い年月の間に堆積してできた土地だ。

年間の降雨量はわずか五〇〇ミリ程度。乾燥した台地を大小無数の川が流れ、深い断崖絶壁の谷がそこらじゅうにできている。これらの川は合わさってあの黄河となり、中国の北半分の大地を大きくうねるように流れている。

流れる水に含まれた黄砂が次々に沈積していくので、黄河はほとんど天井川になっている。増水すれば川の流路は南へ北へと一〇〇〇キロの幅でふれる。黄河の治水は古代以来、中国の皇帝たちにとって最大の難題であった。

広大な黄土高原はワイルドな土地だ。干ばつや洪水の危険に絶えずさらされている。

法门寺

けれど水や土をうまく管理できれば、いろいろな作物や果樹が育つ豊かな土地でもある。古代からの中国文化を産みだしてきたのもこの土地であった。乾いた土は掘りやすく、代々の皇帝たちはそこに自らの威光を示す宝物を保存しようとした。有名な兵馬俑《へいばよう》もその一例である。

この大地の上に雨はどのように降り、水はどのように流れ、また蒸発していくのか。そしてこの広大な大地の上空をどのように動いていくのか。この土地に生きていくにはそれをしっかり把握することが不可欠である。

中国政府はたくさんの研究所を作り、国際的な協力とともにその研究に多大の努力を傾けている。地球研の黄河プロジェクトもその一つである。福嶌先生は黄土高原での水の動きを時々刻々に観測し記録して、その情報を発信していく観測塔を作ることを計画していた。先生を中心とする日中の人々の尽力で、西安の西北、長武《チャンウー》という場所に、いよいよその塔ができあがった。

中国科学院水土保持研究所の試験地で、この地域に中国政府の肝いりで最近設立された西北農林科技大学の連携機関ともなっている場所に、この塔は建てられた。これと並んで、ウィンドプロファイラーという巨大な観測装置も設置された。

水土保持研究所の人々とそれを祝い、あわせて西北農林科技大学との研究協力の協定書に調印することが、今回のぼくらの訪中の目的であった。だからこれは観光の旅ではなく、前後四日間のあわただしい日程であったが、近くにある法門寺《ほうもんじ》という有名なお寺も見せてもらい、高々と聳《そび》える塔の地下室で発見されたお釈迦《しゃか》様の指なるものも見た。発見されたとき、仏の指からは光が立ち昇ったという、じつに中国的な話であった。

中国の最新の科技（科学技術）とともに、中国の古い文化にも触れることができた、じつに有意義な旅であった。

懐かしの北極航路

昔々の東京オリンピック時代、欧米への旅行は大変だった。

パリやロンドンに行くには、東京の羽田《はねだ》から飛行機に乗って、まず香港《ホンコン》へ飛ぶ。それからバンコク、ボンベイ、テヘラン、アテネなどの空港を経て、約二四時間後にやっと目的地へ着くというぐあいだった。

最短コースはシベリア経由に決まっているのだが、当時のソ連はたとえ民間旅客機であろうとも他国の飛行機が自国の上を飛ぶことを、断固として許してくれなかった。そこで西側の航空会社は、何年もかけた調査と試行の末、北極航路というのを開発した。これだと一七時間でヨーロッパに着く。

ぼくが生まれてはじめて飛行機というものに乗り、生まれてはじめて外国というところへ行くことになった一九六四年、ぼくはこの北極航路を飛んだ。

羽田を飛び立ったのは七月一七日の夜九時ごろ。日本から見ればはるか西のパリへ行くというのに、飛行機は太平洋の上を一路東へ飛ぶ。といっても外はまっ暗だから、どこを飛んでいるのかわからない。生まれてはじめて機内食というものを戸惑いながら食べ終わると、ぼくはいつのまにか眠りこんでいた。

何時間ぐらい眠ったろうか。目がさめると外は明るい。二度目の機内食は朝食だった。「まもなくアンコラージュに到着いたします」エールフランス（フランス航空）機だからアナウンスもフランス語だった。アンコラージュはアラスカのアンカレジのことである。

飛行機が着陸し、空港に入る。木造建築のロビーには高さ六メートル近い巨大なシロクマの剝製が立っていた。まっすぐ立ったその巨体のうしろにチョコンとついたしっぽの小ささに、ぼくは訳もなく感動した。

壁の時計は一〇時を指している。羽田を夜九時に出発した七月一七日の朝一〇時なのだ。本当に日付変更線を越えたのだ。これで一日若返ったとぼくは思った。おもしろかったのは「アラスカうどん」の売り場だった。日本人乗客たちが喜んで食べている。売り子は地元のハイダ族。日本人そっくりだが、もちろん日本語は通じない。

昼近く、給油をすませた飛行機はまた飛び立った。今度はどんどん北へ向かう。昼間だから地上の景色がよく見える。真夏というのに一面の雪の原と山。遠くにマウント・マッキンリーが一段と高くそびえている。ああ、ここはアラスカなのだとしみじみ感じた。

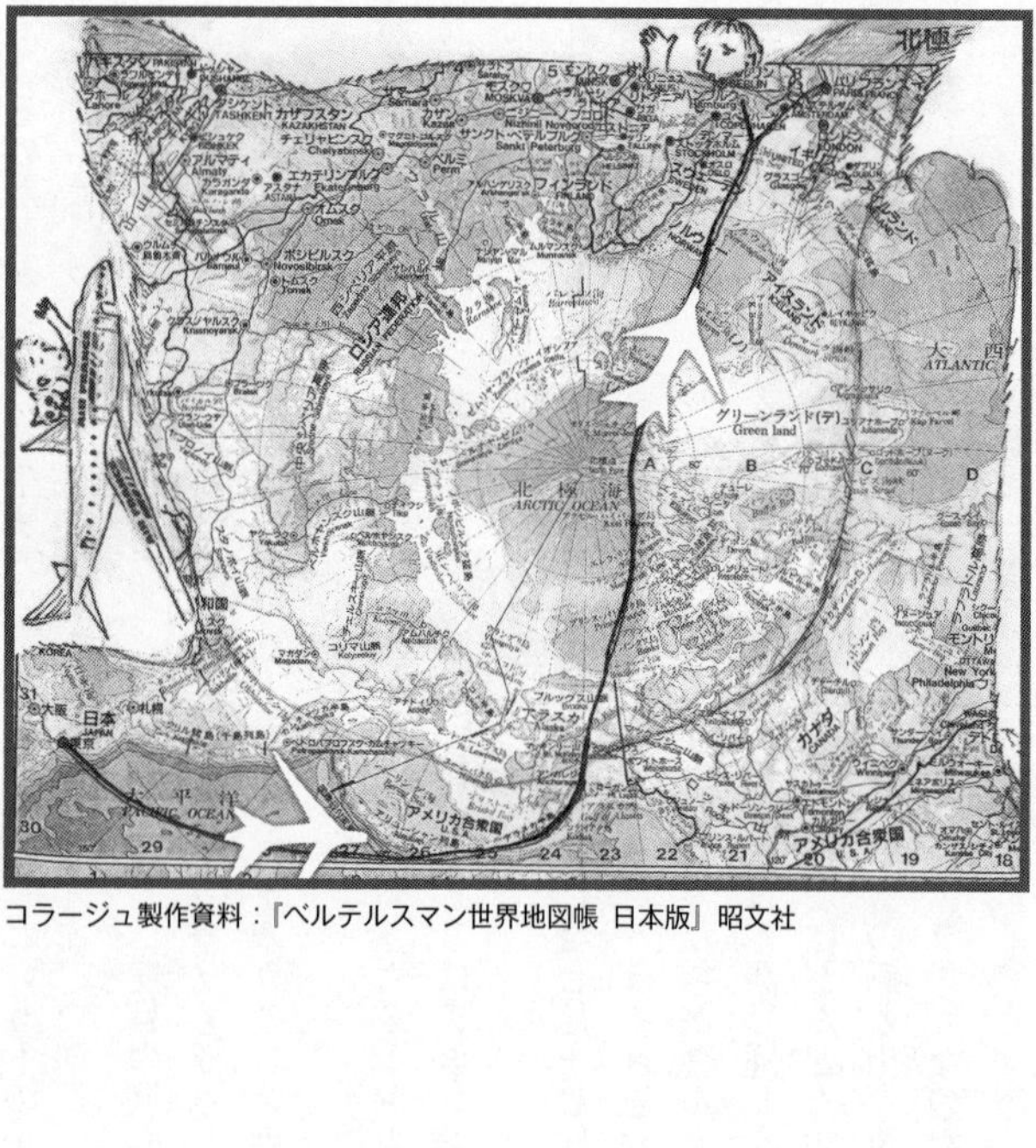

コラージュ製作資料：『ベルテルスマン世界地図帳 日本版』昭文社

しばらくすると、一面の雪原の中にフェアバンクスの町が見えた。こんな町にいたらさぞ退屈だろうな。悪いけれどついそう思ってしまった。

やがて飛行機は北極の海の上へ出て、北極点の方へ向かう。時刻はどうなっているのだか、もうよくわからない。「右手下にグリーンランドが見えています」というアナウンス。これがあのグリーンランドかと感慨は一入であった。

飛行機はさらに飛びつづける。もう北極点は過ぎているはずだ。パリには朝の六時に着く予定だから、その前に夜があるはずだ。しかし外は明るくて、夜の気配もない。そうだ、今は真夏。北極に夜はない季節なのだと気づいたころ、「左手下にスカンジナヴィーが見えています」というアナウンス。

少しうす暗くなったかなと思われる中に、スカンジナヴィア半島が延びていた。それからごく短い夜が来た。

感動の連続であった七時間も過ぎ、飛行機はドイツのハンブルクに着陸した。いよいよヨーロッパだ！

ハンブルクからパリへは気流が悪いのかやたらに揺れた。あこがれのパリを目前にして墜落死するのかと気弱になったころ、飛行機は無事パリのオルリー空港に着き、ボードワン先生と二年ぶりに再会した。羽田を発って一七時間、ちゃんと七月一八日の朝六時になっていた。若返ったのも束《つか》の間《ま》のことだった。

その後さすがのソ連もシベリア航路を許可したので、日本からの旅にこの北極航路は使われなくなってしまった。今の一二時間より五時間も長かったが、冬に飛べばオーロラも見える。今さらながら何だか惜しいような気もしている。

モンゴル・ツェルゲル村への道

一九九六年の八月、ぼくはモンゴルで忘れられない二週間を過ごした。滋賀県立大学の学長になった翌年のことである。八月一〇日に関西空港発。トロリーバスの走る近代的な首都ウランバートルに着いてモンゴル国立大学を訪れ、当時のドルジ学長に会って滋賀県立大学との学術交流の覚え書に署名、夕食会。八月一五日、事務局としてついてきてくれた滋賀県立大の川口逸司《かわぐちいつし》課長と別れ、県立大教授のトゥリム・ナムジム先生と奥様、そしてお嬢さんのアノーデルに付き添われて、はるばるツェルゲルへの旅に出た。そこで長く牧民の生活を研究している滋賀県立大の小貫雅男《おぬきまさお》先生たちを訪ねるためであった。

ツェルゲルはモンゴル中南部、バヤンホンゴル県ボグド郡にある小さな牧民の村。アルタイ山脈のいちばん東のはずれにあたる東ボグド山系の中にあるが、モンゴルには道というものがほとんどなく、道路地図というものもないので、どこだと聞かれても「このあたり」としかいいようがない。とにかくウランバートルから南西へ約七五〇キロ。

若いモンゴル人が運転してくれたトヨタのランドクルーザーで丸二日の旅だった。

まず幹線道路を突っ走る。草原の国とはうそで、小さな草がまばらに生えた一面の半砂漠。はるかに家畜の群れが見え、白い円屋根の一戸建ての家（ゲル）が思いついたようにある。

道は次第に悪くなり、半砂漠の高原の向こうに見えていた台地が、少しずつ近づいてくる。一時間ほど走ってその台地の上に出ると、はるか先にまた台地が見える。それまでとほとんど変わらない半砂漠をまた一時間から一時間半走っていくと、いつのまにかその台地を越える。そしてその先の遠くにまた台地。まわりには遠くに近くにぽつりぽつりと家畜の群れ。そして一〇キロほどごとに一軒か二軒のゲル。こんなふうに四〇〇キロ以上走って、夕方少し薄暗くなったころ、ウヴルハンガイ県の県都アルヴァイヘールに入る。

昔はよかったというそこのホテルはひどかった。テレビ付きという部屋のテレビはこわれている。そもそも電気は「真夜中には来ます」という始末。懐中電灯で照らしながら、持ってきたお湯でカップラーメンの夕食。トイレは洋式だが水は出ない。

翌朝出発すると、道はとたんに悪くなった。地図もないから大体の見当をつけて、車の轍《わだち》をたどる。景色は昨日と変わらない。ところどころに沼があり、馬が気持ちよさそうに水にひたっている。途中でかなり急な山があった。「これが有名な金色の木です」

とナムジム先生が灌木の一つを指さす。ほんとに茎はすばらしい金色に輝いていた。

しばらく行くとゲルが一軒あった。車はそこへ寄り、「サインバイノオ（こんにちは）、犬をつないでください」といって入っていく。「ツェルゲルはどっちですか?」「あっちのほうです」

車の轍をそっちの方向へ走っていくこと一時間あまり。またゲルがあった。「サインバイノオ。ツェルゲルはどっちですか?」「あっちのほう」

こんなことを繰り返しているうちに、車は両側が崖になった川床のようなところを走ることになった。これが道なのか?

またあったゲルに入り、羊の肉をごちそうになる。「ツェルゲルは?」「あっちのほう」

ほんとうに大丈夫なのか?

そのうちにまた立ち寄ったゲルから、ナムジム先生は明るい顔で出てきた。「私たちの道は正しいようです」

やっと遠くに東ボグドの山が見えてきた。いつのまにかほんとに砂ばかりの砂漠になっていた。道はますますひどくなって、山からの水が作った凹地へがっくり落ちる。こんな砂漠でいったいどうなることだろう。

けれど山並みは少しずつ近づいてくる。苦労しながら砂漠の中を二時間も走っているうちに、少し道らしいものも見え始め、それが山すそに沿って東へ向かっていく感じになってきた。

山に近づくと、山あいの谷ごとにゲルが二、三軒ずつあるのが遠くから見える。もうナムジム先生の知っているあたりに来たらしい。しきりに山あいを見ながら、これはちがう、これもちがうという。

そんなことをまた一時間あまり。ここだ。ナムジム先生のいう谷に車は入っていった。谷の入口にいくつかのゲルがあり、人がいて、家畜がいる。車は相変わらず大揺れに揺れながら、その奥へ入っていった。県立大の小貫先生と伊藤恵子《いとうけいこ》さんたちが大きく手を振っていた。

着いた！　ほんとに着いた！　思えば遠い遠い道だった。

ツェルゲル村のゲルでの夜

ツェルゲルは村ではあるけれど、日本の村のように家が何軒もかたまっているわけではない。ボグド山塊に沿って京都と大阪ぐらい離れた土地に、たった六五軒程度の家（ゲル）が散在している村だそうだ。もちろんその一軒一軒がそれぞれ何十頭から一〇〇頭を超す家畜を持っている。

村長のバットツェンゲルさんは、かつて国から命じられて、村長としてここに派遣されてきた切れ者である。旧ソ連時代、モンゴルは世界で二番目の社会主義国として、すべてソ連式の体制のもとにあった。牧民たちもかつてのソ連式コルホーズ（集団農場）に似たネグデルという組織にまとめられ、どの家畜を何頭飼うか、皮や毛をどこにいくらで売るかも、ネグデルの指示によって固くきめられていた。

その後ソ連が崩壊し、モンゴルの体制も変わったとき、バットツェンゲル村長は、ネグデルのかわりにホルショーという新しい組織を作ろうとして人々に呼びかけた。

ネグデルに不満を持っていた牧民たちは、遠くから馬に乗って続々とバットツェンゲ

ルさんの家に集まり、徹夜で討議してホルショーを立ち上げた。

そのときの熱気のこもった様子は、ずっと立ち会っていた滋賀県立大の小貫雅男先生がビデオですべて記録していたので、ぼくも前から知っていた。

丸二日のジープの旅ののち、ぼくはその劇的なできごとの現場で、バットツェンゲル村長に会ったわけである。

村長のゲルにはバヤンホンゴル県の知事とボグド郡の郡長、ボグド小学校の校長とツェルゲル村分校の校長もいた。小貫先生とぼくらに敬意を表するためわざわざ来てくれたのである。

それから滋賀県立大の先生、学生など、モンゴル牧民の研究のためにはるばるこのツェルゲルに長期間滞在している人たちと話したり、ゲルでの生活について教わったりした。みんなここでの生活が楽しくてたまらないようだった。

次の日、みんなで車に分乗し、ツェルゲル村を見てまわった。砂漠のようなところを延々と走って小高い丘に着き、苦労して車でそれを登って、上からあたりを見渡す。ボグドの山の姿は日本の山とはまるでちがう。これがあのアルタイ山脈の一部なのだ。アジアの広さというものがよくわかった。かつてここからユーラシアへ攻め出していったチンギスハーンたちは、何を望んでいたのだろうか？

丘をまわって走ったあと、ボグド小学校のツェルゲル分校に着いた。質素な建物だが、遠くからは通えないので、子どもたちは泊まりこみだそうだ。学校の近くにはいくつかの建物があって、いろいろな作業場になっていた。ゲルだけではなくて、小さいながら「町」ができ始めているという印象だった。

夕方、バットツェンゲル村長のところへ戻ると、郡長さんらは今日も来ていた。美人の郡次長さんも一緒だった。ぼくらは村長のゲルに招き入れられ、モンゴルのお土産をたくさんいただいた。あの有名な民族楽器の馬頭琴《ばとうきん》もあった。これは今、滋賀県立大に置かれている。

イッフ・ボグド（大ボグド）というウォッカも出た。ボグドで最近作り始めたと郡長さんは自慢気だった。ぜひボグドに産業をおこしたい、と郡長さんは熱っぽく語る。

そんな話の中で、どういうわけかジャンケン遊びが始まった。モンゴルのジャンケンはグー、チョキ、パーでなく、手を脇の下にかくしておいて、いきなり指を一本だけ伸ばして差しだすのである。親指は人差し指に勝ち、人差し指は中指に勝つ。そして小指は親指に勝つ。つまり、五本のうちどの指を出してもよいが、日本人はどうも薬指を出しにくいらしいことが、すぐさとられてしまったので、よく負けた。負けると罰として馬乳酒《ばにゆうしゆ》を飲まされる。

次はウォッカだ。大ボグドの瓶はいつのまにか空になっていて、出てきたウォッカの名は「チンギスハーン」。

みなだんだん酒がまわってきて、話はボグドの町おこし、郡おこしの熱論になった。何か新しい郡おこしをやりたいとみんないう。通訳はモンゴル生まれ、モンゴル育ちの小貫先生がやってくれるので、話は大いにはずんだ。

ぼくがたまたま知っていたので口にした「ウヴルムッツ」（ユニークな）というモンゴル語がえらく受けて、そうだ、ウヴルムッツな郡おこしをしなくてはと、ウヴルムッツ、ウヴルムッツで夜が更けた。

ツェルゲルでの忘れられぬ一夜であった。

石垣島の思い出と今

石垣島《いしがきじま》へぼくがはじめて行ったのは、いつのことだったろうか？ 話の始まりは沖縄のチャンプルなどで有名なゴーヤー（苦瓜《にがうり》）だったような気がする。沖縄の本土返還後しばらくたって、沖縄の島々で作られているゴーヤーその他の瓜に、ウリミバエという害虫がついていることがわかったのだ。

ウリミバエはショウジョウバエより少し大きいくらいの小さなハエで、その名のとおり瓜類の実に卵を産み、かえった幼虫が大挙して瓜の中身を食べてぐちゃぐちゃにしてしまうのである。こんな害虫が日本中に広がったりしないように、沖縄からの瓜の持ち出しは禁止された。沖縄の農業にとって、それは大変な打撃であった。

同じような害虫は外国でも知られており、農業関係者はその防除（撲滅）に頭を悩ませていた。とにかく小さなハエだから一匹ずつ捕らえるなどというわけにはいかない。人間が食べる瓜につくのだから、畑に農薬を撒《ま》き散らすわけにもいかない。当時流行のフェロモンはどうかと調べてみたが、どうやらそれもだめらしいし、他の誘引物質も見つからない。

困り果てていたところへ、アメリカのニップリングという昆虫学者の抜群のアイデアが大きな力を発揮することになった。サナギのときにコバルトで放射線を照射し、精子をつくれなくしたオスを大量に野外に放し、メスがそういう不妊オスと交尾するようにしたらよいというのである。

不妊オスと交尾したメスは受精卵を産めないから、害虫の数はだんだん減っていくはずだ。だから何年かにわたって不妊オスを放すことをつづければ、その害虫を根こそぎ滅ぼすことができる。これがニップリングのアイデアであった。

害虫を滅ぼすのにその害虫をたくさんふやして野外に放すなんて、およそ非常識のように思われた。けれど沖縄の害虫研究者たちは、沖縄のウリミバエにこれをやってみようと決心した。ニップリングのこの方法は、広い大陸ではだめだが、よそから新しい虫が入ってこない島では成功している例があったのである。

十分な予備調査ののち、ウリミバエの大量飼育が始められた。飼育所が作られたのは石垣島のオモト岳のふもとだった。

飼育所の中に山と積まれた大きな飼育箱の中で、人工飼料を餌としてハエの幼虫を育てる。十分育ちきった幼虫たちは飼育箱からとびだし、コンクリート張りの床に落ちてサナギになる。夕方、床に水を流してそれを集め、一日に何十万匹ものサナギがとれる

ようになった。

それをある方法でオス、メスに分け、オスのサナギだけを飛行機で那覇《なは》に運んでコバルト照射し、不妊オスをつくった。そしてそのオスたちをまず久米島《くめじま》に放してみた。何年かの不屈の努力の末、ついに久米島のウリミバエは根絶された。

そしてそれにつづくさらに何年かの苦闘が実って、全沖縄からウリミバエはいなくなった。今や沖縄のゴーヤーは日本全国で賞味されている。

ぼくが石垣島へはじめて行ったのは、まずその飼育所を見学するためだった。それほど大きくはない小屋の中で、当時は若かった沖縄県農業試験場の人たちがせっせと働いていた。その姿にぼくは心打たれる思いだった。

石垣島へはそれから何度も行っている。川平《かびら》湾はいつ訪れても美しいし、ヤエヤマヤシの群生地を遠くに望みながら、広い畑を通っていくと、石垣の農業の姿がよくわかる。昔道路は訪れるたびに立派になっていき、今では全島を広い道が何本も通っている。昔通った道がうそのように思われる近代的な道である。便利といえば便利になったが、島じゅう整備されすぎて、島の情緒が大きく失われたことも否めない。

石垣島はこれまでにほとんど全島へ足をのばし、あちこちでいろいろなものを見たが、その中で、忘れられないのは白保《しらほ》地区の「青サンゴ」の海である。海を泳ぎながら眺めても、一面に広がったサンゴはちっとも青くなんかない。だが、その平たい感じの枝の内部が、驚くほど青い色をしているのだという。

この海を埋め立てて空港をつくる話は、幸いにしてなくなったらしいが、陸地から流れこんでくる土によって、サンゴも被害を受けている。美しいサンゴたちを傷めつけてはならない。

それやこれやで、石垣島からは多くのことを教わったし、今も教わりつつある。

ナイロビの不思議なホテル

さて次はどこの話を書こうかと考えているうちに、どういうわけか、ふと思い出したのは大昔のナイロビのあるホテルのことだった。

アフリカ・ケニアのナイロビにできた国際昆虫生理生態学センター（ICIPE・イシペ）の国際委員会委員として、ナイロビを訪れはじめたころだから、ざっと三〇年ほど昔のことになる。第三世界に昆虫学研究の国際的コミュニティーをつくろうというのでできたこの研究所は、アフリカ人の研究者に、欧米や日本などの第一線の研究者が多数加わって、今後のアフリカの農業の姿を探ろうとする新しい国際的な研究機関だった。日本学術振興会が毎年一人、元気のいい日本人研究者をイシペへ派遣していた。

毎年四月から五月にイシペの研究発表会が一週間ほど開かれ、それに合わせて国際委員会がおこなわれる。その時期にぼくは、毎年のようにナイロビを訪れていたのである。

ちょうどその年には、ぼくはイシペの居住講演者として、一カ月にわたって日本での昆虫フェロモンの研究について講義をすることになっていた。

その年の日本からの派遣研究者は、当時名古屋大学の助手でその後山口大学の教授になった遠藤克彦《えんどうかつひこ》君。アフリカが大好きな彼は、一年といわず二年滞在するつもりで、奥さんと子どもを連れて来ていた。

遠藤君一家が当時泊まっていたのは、ナイロビ博物館の近くにあるニュー・アインスワースというホテル。今はもうなくなってしまった古い安いホテルで、ぼくもそこに一カ月泊まることにした。部屋代は朝食込みで一カ月三万円。当時としても安いことこの上なかったが、それなりに問題はあった。

たとえば、ぼくの部屋は風呂とシャワーのお湯が出た。けれど遠藤君の部屋ではどうやっても水しか出なかった。それで毎夕、遠藤一家はぼくの部屋へ風呂に入りにくるのだった。

べつの問題は朝食だった。イギリス流の朝食は毎日まったく同じと聞いている。ホテルには立派なホールがあって、きちんと蝶《ちょう》ネクタイをつけたアフリカ人のウェイターがおり、グッドモーニング・サーと迎えてくれる。テーブルにつくと、ウェイターが来て、何になさいますか？　と聞く。何になさいますかといったって、トースト二枚は決まっている。あとはコーヒーかティーか、卵はフライド（目玉焼き）か、ボイルド（茹《ゆ》で卵）か、それともスクランブルにするか。選択肢はそれだけしかないのだ。

それから約一カ月ここに滞在することになった最初の日、ぼくはまずティーとフライ

KIKI

ドエッグを選んでみた。

さすが二〇〇年にわたるイギリス支配のおかげか、ティーも卵もおいしかった。フライドエッグは二つの黄身が美しく輝く伝統的な目玉焼き。卵自体も地鶏の産んだ地卵らしく、何ともいえぬおいしさである。それに塩をぱらぱらと振りかけて食べる舌ざわりは抜群で、到底日本では味わえぬものだった。

ティーもまたうまかった。ナイロビからそれほど遠くないところに、広大なティー・ファームがあり、ティー・ホテルというホテルまである。そこは、美しく整備されすぎた感じすらある茶畑で、過剰とすら思える配慮のもとに茶の葉が摘まれ、紅茶にされている。こういう伝統のあるケニアの紅茶は、たしかにおいしかった。ぼくはそれをゆっくり味わって飲んだ。

こうしてぼくのナイロビのひと月は、古びたイギリス風の安宿のこんな朝食で始まった。

フライドエッグとレモンティーの好きなぼくは、最初の一日で満足した。けれどそのうちにきっと飽きてくるだろう。そうしたらどうしよう?

心配の必要はなかった。ボイルドもおいしかったが、フライドエッグのほうがもっとよかった。コーヒーも試したが、ティーのほうが味わいが深かった。

こうしてそれからの三〇日間、フライドエッグとレモンティーの朝食が毎日、毎日つづくことになった。
このホテルでの一カ月ほど、ナイロビらしい思いをしたことはなかった。

思い出す朝食

朝食のことを英語でbreakfastというが、これは前夜からの断食状態を破るという意味だと中学校のとき教わって、ぼくはかなりびっくりした。たしかに朝は相当に腹がへっているが、それを断食だと思うとはずいぶん食い意地の張ったことだと感心したのである。

断食の破りかたは国や土地によってずいぶんちがうことはその後だんだんにわかってきた。

まず驚いたのは、はじめて行った外国であるフランスの朝食だった。

そのころぼくは、洋式の朝食といえばジュース、食パン、卵、それにコーヒーか紅茶だと思っていた。ところがフランスのはまるでちがったのである。

そもそもジュースなんてない。卵もない。パンは食パンでなく切ったバゲットである。紅茶もなくて、おそろしく濃い大量のコーヒー、それにミルクと砂糖をたっぷり入れる。そしてバターをつけたバゲットを浸して食べる。

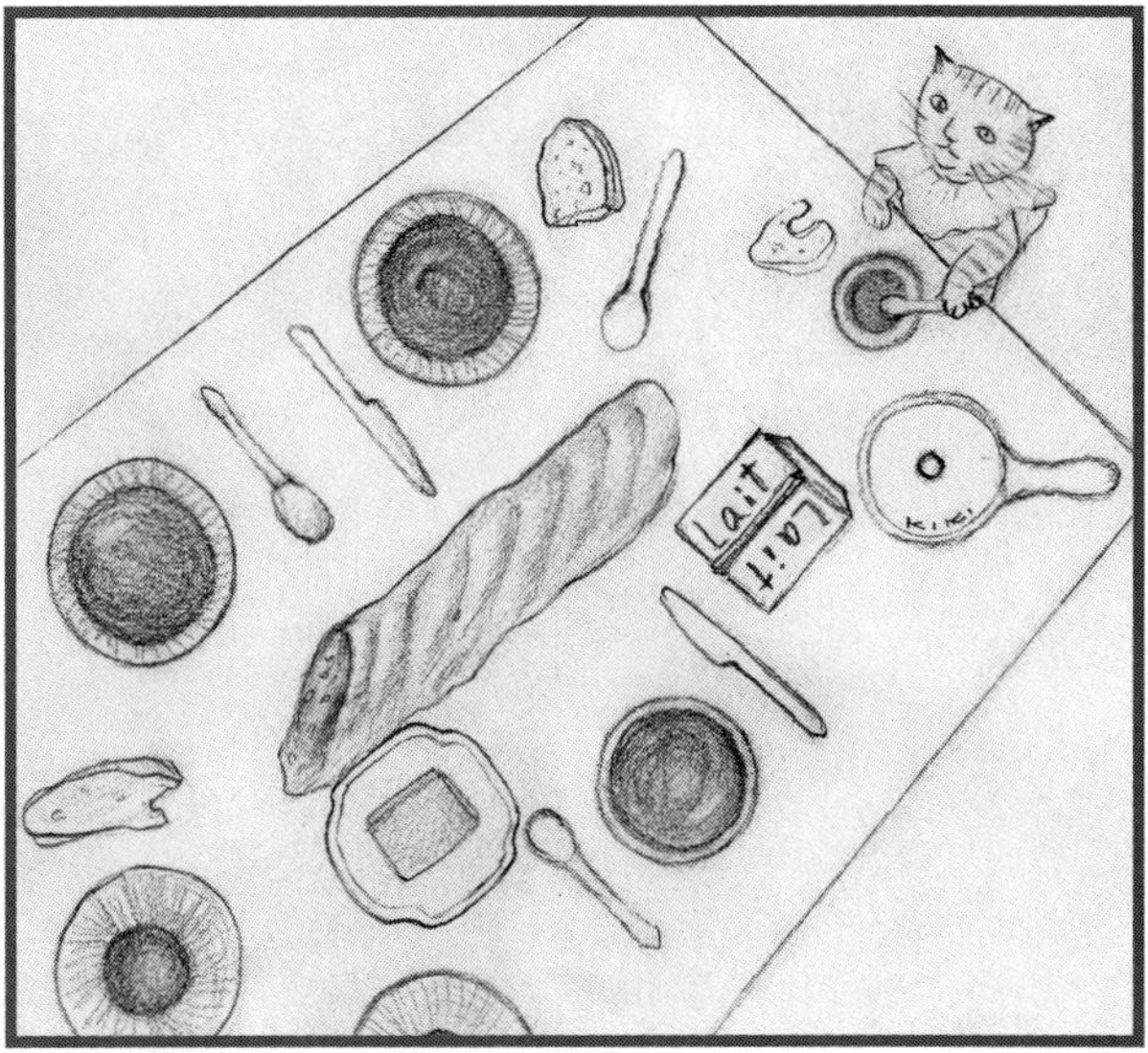
Lait
Lait
KIKI

そのおいしさはとても日本の洋式朝食の比ではなかった。とにかくバゲットもコーヒーもミルクもバターも、すべて何ともいえぬ香りがあり、味わいがあるのである。

しかし、日本では洋式のスタンダードになっていて、あまり話題に上ることもないイギリスの朝食もうまかった。そもそもトーストがちがう。薄切りで身が固く、注意深くこんがりと焼かれている。日本でよく出てくる厚くて白くてフワフワしたアメリカ式「トースト」とはまったくちがう。日本のホテルで「これはトーストではない」と文句をいっているイギリス人がいるのも理解できる。長年の伝統であろうフライドエッグも、じつに美しいし、かつおいしい。

ただわからないのはオートミールその他のシリアルズ。何でこんなまずいものをと思うけれど、これがないと正式の朝食にはならないらしいから不思議である。

オランダに行くと朝食はまた異なる。卵はなく、その代わりに何種類かのチーズが並ぶ。チーズといってもすべてプロセスチーズである。食パン型のパンに塗るのはバターではなく、蜂蜜である。

ドイツではパンはたいてい甘みのある黒パンになる。ボイルドエッグを注文すると、「何分か?」としつこく聞かれる。沸騰してから何分間茹でるかを聞いているのだ。ぼくはいつも「四分」と答えているが、いきなり聞かれて答えられない日本人も多いようだ。

ドイツのある町では、「完全朝食」というのがあったので、試みにそれを注文してみて驚いた。一枚のトーストの上にこんもりとのせられたフライドエッグのとなりには、冷えないように布の袋をかぶせた茹で卵が三つ。右側の皿には薄切りにしたハムが四、五枚。左側には同じく薄切りにした大判のソーセージが四、五枚。そしてそれぞれの向こうには一辺一〇センチほどのハムとソーセージの塊がどんと置いてあって、ご丁寧にもナイフまで添えてある。お盆の隅には食パンが数枚積みあげられ、そのわきには何種類かの丸型パンが何個ずつも。

朝からこんな大量に食えるものか！　ぼくは腹立たしくなったくらいだった。けれど、土地ごとに伝統的であった朝食にも、時とともにいろいろな変化がおこるものである。

もうずいぶん昔から、フランスの伝統的朝食は栄養的に問題があるとされていた。バナーニャとかいうジュースのようなものがさかんに宣伝されていた。二人の子がいる若い研究者の家に泊めてもらったとき、朝食には生ジュースと卵と生野菜がついていた。当時のフランスでは生のジュースは驚くほど高価なものだったから、両親はさぞ大変だっただろう。

かつてイギリス式のミルク入り食パンがうまかったナイロビでは、独占企業だった製パン会社がコスト引き下げのためミルクを入れなくなったので、突然に食パンがまずくなった。そしてそのかわりに流行りだしたフランス式のクロワッサンは、まさに形ばかりのものだった。つまりナイロビの朝食は悪い意味でグローバル化してしまったのである。

同じようなグローバル化は、世界中でおこっているようだ。どこでもほとんど同じものが食べられるが、思い出に残る特徴的なものがない。

朝食には本来、手がかからないことという大切な要素があった。それとその土地でのいちばん普通の産物との組み合わせだった。栄養は朝食だけでとるわけではないから、今のように厳密にいう必要もなさそうである。情報化が進みすぎて、人生は手がかかるだけでかえって味気ないものになっていくような気がする。

交遊抄——ボードワン先生とぼく

始まりはフランス語での講演通訳

今は一九九六年。もう三〇年を超すボードワン先生一家との交遊はじつにひょんなことから始まった。

そのころ、ぼくは東京農工大に若い生物学の助教授として勤めていた。一九六二年のある日、ぼくは文献を見に、母校である東大に出かけた。図書館での用事を終え、動物学教室の事務室に立ち寄った。たまたまだれもいなかったので、あとでまた来ようと思って部屋を出かかった。そのとき、電話が鳴った。かけてきたのは通産省機械試験所の辻内《つじうち》さんという人で、「じつはフランスから光学の研究者の一行を招いているのですが、その中に動物学者がいるのです。私どもにはさっぱりわからないことばかりなので、そちらでお世話願えないかと思ってお電話したのですが」ということであった。

「何という名前の方ですか？」

「パリ大学の教授で、ルネ・ボードワンという方です」

ぼくも全然知らない人だった。しかし、フランス語で昆虫ホルモンについての学位論文を書いたほどフランス好きのぼくは、「できるかどうかわかりませんが、とにかくお引き受けしましょう。幸いフランス語も少しできますから」と答えてしまった。

しばらくして、かなりひどい台風の日、一行が羽田に到着した。団長のフランソン、太った大男の外科医ジョーピートル、物理学者のアベレスと同夫人とともに、ボードワン先生もいた。フランス人というよりイタリア人のような人だった。

それから一週間ほど、ぼくはボードワン先生につきそって、講演の通訳をしたり、東大の友人に頼んで三崎《みさき》の東大臨海実験所を訪ねたりした。

通訳用に講演原稿を見せてほしいと頼んだが、いっこうに渡してくれない。とうとうこの次はボードワン先生がしゃべる番というときになって、「原稿なんかないよ」。あわてるぼくの肩をたたきながらボードワン先生は、「大丈夫。あなたなら大丈夫」という。結局、ぶっつけ本番で通訳するはめになった。幸い、うまくいったものの、とんでもない人だなと思った。

帰国のとき、空港でぼくの手をぎゅっと握り、「メルシー」を連発しながらボードワン先生は、「必ずあなたをフランスに呼ぶからな」と繰り返した。

∞

それから二年たった。招待の手紙どころか、簡単なお礼状すら来なかった。もうすっかり忘れてしまったんだろう、どうせフランスのことだからと、ぼくもほとんど忘れてしまった。

ところがである。一九六四年の四月だったか、突然ボードワン先生からの手紙が来た。

「いよいよあなたをフランスへ呼べることになった。研究室にもあなたの机を用意した。宿は私たちの家に泊まればよい。妻をはじめ一家そろってあなたを待っている」

その他、こまごまとした手紙にはしかし、時期とか期間とか肝心の旅費をどこが出してくれるのかといったことは何一つ書かれていなかった。

狐《きつね》につままれたような二、三日がすぎた。何と返事をしたものか。『フランス語手紙の書き方』という本を買ってきて、書いては消し、書いては消した。

そこへフランス大使館からの電話がかかってきた。

生まれてはじめて飛行機に乗る

なぜフランス大使館から電話が、といぶかりながら電話に出ると、「パリ大学のボードワンさんという方をご存じですか?」と大使館の人がいう。

「ええ、知っています」

「その方が、ぜひ先生をフランスへ呼びたいとおっしゃっているのです」

「じつは私も二、三日前、ボードワンさんからそのような手紙をいただいたのですが、どこがお金を出してくれるのか、さっぱりわからなくて困っていたのです」

大使館の人の説明でやっとわかった。日仏技術交流研修という制度があって、その制度を使うのだそうである。

「ですからご面倒ですが、その試験を受けてください」

「じゃあ、その試験に受からなかったらだめということですね」

「いや、フランス側の先生がぜひ呼びたいといっているのですから、落ちることはありません。書類をお送りしますから、それに必要事項を書き入れてお返しください。ボードワン先生の推薦状もお送りしますから、その中で、彼はとても頭がいいとかフランス語がひじょうにうまいとかいうところに、赤でアンダーラインをして、試験官の注意を引くようにしてください」

∞

こうして、落ちることはないと保証された試験への願書作りが始まった。書類は日文、仏文で何ページもあり、コピー一六部を出せと書いてある。当時のコピーは湿式のトーコープとかいうもので、原紙と印画紙を重ねて機械に入れ、現像液の中を通すものだった。原紙がずれたり、現像液が足りなかったりで、それは大変な作業だった。途中でぼくは、もうフランスなんか行かなくていい、と何度思ったことか。

推薦状は翻訳してこれも一六部コピーする。そして赤でアンダーラインを引く。仏文のほうはまだいいとしても、日本文で、「彼はとても頭がいい」とかいうところにアンダーラインを引くのは、すごく抵抗があった。

とにかく書類を送り、試験を受けた。ちょうど七月半ばにパリで国際比較内分泌学シンポジウムというのがある。研修制度は一〇月から翌年三月までとなっているのだが、せっかくならこのシンポジウムにも出たいと思って、三カ月早く、七月から行くことにした。大使館は、「かまいません。ただ、給費は一〇月からですよ」といってくれた。

∞

問題は航空運賃だった。帰りはフランス政府がエールフランスの切符をくれる。けれど行くときは自分で何とかせよというのである。助成金を探したが、当時はごく少なく、申込期限もみな過ぎている。五月に決めて、七月に行くというのが、そもそも無理だった。おまけにそのころは海外旅行などする人はほとんどいない。なにしろ一ドル三六〇円の時代である。もちろんディスカウント・チケットなどなかった。パリまでの航空運賃は片道なんと二三万七〇〇〇円であった。ぼくの当時の助教授給料は四万円弱。半年分にあたる。

幸い、突然に翻訳の仕事を頼まれた。タイム・ライフ社の『北アメリカ』という英語の本であった。翻訳料は税込み三〇万円だという。北アメリカのことなどほとんど知らなかったが、ぼくは一も二もなく引き受けた。

必死になって訳を終え、手取り二七万円を受け取った。それで二三万七〇〇〇円の航空券を買った。もちろんエールフランスにした。そして残りの三万三〇〇〇円と岩波書店から借りた一〇万円を持って、ぼくは生まれてはじめて飛行機というものに乗り込んだ。

ほんもののパリが目の前に！

エールフランスの機種は、今は懐かしいボーイング707。シートベルトも機内食も何もかもはじめてで珍しいぼくに、一緒に乗った東大の小林英司《こばやしひでし》先生がいろいろ親切に教えてくれた。

当時は北極航路で、アラスカで給油する。アンカレジ空港は大地震のあととかで仮設の丸太小屋だった。そこに「ウェルカム・トゥ・ＵＳＡ」と書かれているのを見て、ぼくはタイムスリップしたような気になった。

パリまであと一〇時間あまり。出発前、ぼくはボードワン先生から「スレイ・オルリー（オルリー空港で待つ）」という電報を受け取っていた。でも、あのボードワン先生のことだ。ほんとにオルリーに来てくれるのだろうか。

二つ目の経由地ハンブルクを飛びたってから、飛行機は大揺れに揺れた。ぼくはパリを見ずに死ぬかもしれない、などと思っているうちに、飛行機は無事オルリーに着陸した。

入国手続きの列に並んでいると、空港の人が手にメモを持って「ムッシュー・イダカ」と呼んでいる。ぼくの名前はフランス人が読むと、ヒダカでなくイダカになる。Ｈを発音しないからだ。それで「ぼくです」と名乗りでたら、パスポートだか搭乗券を見せろという。そしたら、「あんたはちがう」という。メモはまぎれもなくボードワン先生の筆跡なのだが、ＨＩＤＡＫＡではなくＩＤＡＫＡと書いてあるのだ。自分がぜひフランスに呼びたいという人間の名をまちがえるとは！

とにかく外に出たらボードワン先生はそこにいた。「イダカ！」と叫んでかけよってきて、ぼくを抱きしめた。

それからぼくと小林先生を自分の車に乗せ、パリをぐるぐるとまわってくれた。ぼくの行き先はシンポジウムの宿所であるシテ・ユニヴェルシテール、小林先生はどこかのホテル。オルリーからパリに入って、セーヌ川沿いにあちこち走ってくれた。本や写真で見たパリが目の前にある。ぼくは夢の中にいるような気持ちだった。

一週間にわたる国際シンポジウムの間、シテ・ユニヴェルシテールでぼくはパリのフォーブール（裏町）をたっぷり楽しんだ。

シンポジウムが終わり、ボードワン先生が迎えにきた。車で一時間あまり、パリ郊外のイエールにあるボードワン先生の家に着いた。奥さんのヤニー、長男のドミニック夫妻、次男のピエール、そして娘のジュヌヴィエーヴ。家庭の日常会話になったら、国際シンポジウムではぜんぜん困らなかったぼくのフランス語はとたんにお手上げになった。とくに二〇歳のジュヌヴィエーヴのいうことが、ほとんどまったくわからないのである。

とにかく、二階に用意してくれてあったぼくの部屋に案内された。それはボードワン先生自身の部屋であった。ボードワン先生自身は三階の「研究室」という部屋に粗末なベッドを置き、そこでぼくが日本に帰るまでの九カ月間、過ごしてくれたのである。

荷物を置いて、階下の部屋へ戻ったら、電話が鳴った。電話をとった奥さんのヤニーがぼくに「ムッシュー・イダカ、あなたに電話ですよ」という。何でぼくに？　ぼくが今ここにいることをどうして知っているのだろう？

電話の主は八木誠政《やぎのぶまさ》先生だった。八木先生のたっての誘いでボードワン先生とぼくは、すぐさまパリでの夕食に出かけていくことになった。当然ご不満だったろうヤニーは、やさしく送り出してくれた。

会話ができないあわれな家族？

ボードワン先生一家がぼくに約束していたブルターニュ旅行に出かけるまでの何日か、

イエールでの生活が始まった。ボードワン先生は「あなたは家族の一員だ」といってくれるし、奥さんのヤニーもそのつもりだ。こんなことはフランスとしては例外に属すると、あとで知った。

けれどこの家族の一員はフランス語ができない。「シュミーズにフェールをパッセーしましょうか?」とヤニーが聞く。男のぼくにシュミーズなんて関係あるものか。パッセーは通すことだが、フェールとはたしか鉄だ。何のことかさっぱりわからない。やっと、そうだ、シュミーズはYシャツのこと、フェールは鉄、英語のアイアン、つまりアイロンだ、と気がついたときには、ぼくはフランス語がまったくできないあわれな日本人だということになっていた。

ジュヌヴィエーヴはずけずけとぼくに聞く。「あなた、ひと月くらいはフランス語を勉強してきたの?」

とんでもない、一カ月どころか一七年もやっていた、といいたかったが、とてもそうはいえなかった。とにかく白水社の文庫クセジュを何冊か訳したときや、学位論文を書いていたときはシュミーズもフェールも出てこなかったのだから。

そんな困惑の数日ののち、ボードワン先生とぼくはブルターニュへ出発することになった。ボードワン先生が研究している海の昆虫をぼくに見せて、いろいろ教えてくれるという「日仏技術交流研修」のためだった。

まずノルマンディーへ向かう。地図を広げて、次々と目に入ってくる畑、牧場、小さな町とその教会といったまさにフランスの光景に感激しているぼくに、ボードワン先生はたえまなくしゃべる。それに答えるのは大変だったが、これはぼくにとってフランス語の勉強の絶好の機会でもあった。

∞

田舎の道をボードワン先生は時速一〇〇キロぐらいで走る。ときどき、道を渡ろうとする人に出会う。それが女の人だったら、その年齢にかかわらず、ボードワン先生はスピードを落として彼女の手前で車を止め、にっこり、「マダム、どうぞ」という。しかし、男だったらブブブブッとクラクションを鳴らし、猛スピードで走り抜けてしまう。こんなことのつづく旅であった。

あるところでボードワン先生は急に車を止める。そして「ちょっと失礼」といって、車も人も通る広い道の道端で立ち小便をした。戻ってきたボードワン先生にぼくは笑いながら、このごろの日本ではこんな道端で立ち小便はしない、といった。とたんに反論が来た。ふたたび車をとばしながら、「小便がしたかったらすればいい。だからイギリスでは変なことがおこるのだ」。たしかにそのころのイギリスでは、キーラー嬢事件という旧ソ連スパイがらみの大スキャンダルがおこっていた。けれど立ち小便とイギリスのスキャンダルがどう関係するのかはついにわからなかった。

アミアン、ルーアン、カアンを経てシェルブールへの途上にあるクータンスに着き、ヤニーのすぐ上の兄、ドゥ・パルマ氏の別荘を訪ねる。ドゥ・パルマ夫人は少し神経質そうな人だったが、ぼくの叔母のだれかに似ているような気がした。このあとフランス滞在中、ぼくはボードワン家の一員として、たくさんの親戚にあった。皆、ぼくの親戚のだれかのような気がしてくるのが不思議だった。

∞

海底二〇メートルに生きる昆虫エポフィルス

ボードワン先生がぼくに見せたがっていた昆虫にやっと出会えたのは、ブルターニュのロスコフであった。このあたりは潮の干満の差が著しく、二〇メートルにも達する。引いていく潮を追って、ぼくらは沖へ沖へと歩く。露出した海藻を踏みながら、二、三キロも歩いたろうか。ついに干潮線に到着した。その先は急に深い海になっていて、潮ももうこれ以上は引かない。足もとには海綿やイソギンチャクなどがそこここに生えている。

∞

ボードワン先生は持ってきた鉄製のレバーをそこらの岩の割れ目に差し込んで、満身の力を込めて岩を割った。

「ほら！」と叫んだボードワン先生の興奮した声が今も忘れられない。海綿の上を小さな昆虫が歩いている。エポフィルスだ！　ボードワン先生はかつてここで、この虫の生態や行動を研究して学位をとったのである。ぼくはさっそく一匹つかまえて、小さなガラスびんに入れた。

「ほら、ここにも！」「ほら、こっちにも！」ボードワン先生の興奮はますます高まる。無理もない。若かった日々の思い出の虫である。

ぼくはべつの感動も味わっていた。昆虫は世界のどんな場所にもいる。しかし、海には進出しなかった、とぼくらは教わっていた。だが、ちがう！　ここは二〇メートルの海底だ。そこに空気を呼吸する昆虫がこんなに元気に歩きまわっているではないか！潮が満ちてきたらどうするのだ？

何と、先生が割った岩の割れ目の奥はからからに乾いていた。割れ目の向きのおかげで、いくら潮が満ちても水は入ってこないのだ。エポフィルスは潮が満ちてきたら、こういう割れ目に逃げ込むのだと先生は説明してくれた。

満潮の時間が近づいてきた。「さあ、戻ろう。危険だ」ボードワン先生の心配はもっともだった。三〇分近くかかってやっと海岸近くに来たころ、潮は川のような速さで満ちてきた。ホテルに着き、窓から海を眺めたら、さっきぼくらのいたあたりは一面の海。

かなり大きな船が走っていた。

∞

二週間にわたるブルターニュ旅行を終え、ぼくらは大西洋岸のイール・ド・レエ（レエ島）のボードワン先生の別荘に着いた。そこには奥さんのヤニーと娘のジュヌヴィエーヴが首を長くして待っていた。こうしてレエ島でのバカンスが始まった。

毎日、昼寝をすませてから、島のあちこちへ出かける。エポフィルスにもまた会えた。ヨットハーバーもたくさんあり、水上スキーを楽しむ人々もいた。ジュヌヴィエーヴと泳ぎにも行った。二〇歳の彼女の水着姿はまぶしかった。

ところで、ボードワン先生は海の泡に多大の関心を持っていた。海岸に波が打ち寄せると一面に白く泡立つのは、海水の表面張力が淡水のそれより低いからである。そのため海には水面に浮いて生活するアメンボがごく少ししかいない。

ボードワン先生とぼくは、海岸へ海の泡を集めにいった。浜辺の女の子たちに目を奪われているぼくをせきたてて、人気《ひとけ》のない浜に行き、特別な網で泡をすくうのである。当然、人々からは異様な目で見られる。「そんなもの集めてどうするんだ？」ときく人々に、ボードワン先生はとうとうと弁じた。「自分はソルボンヌ（パリ大学）の教授で、生物物理学の研究をしている」

わるいけれど、何かこっけいであった。

書いていけばきりがないくらい、楽しく、かつ驚くことばかりだったイール・ド・レエのバカンスも終わり、一家は九月初め、パリへ戻ることになった。

トゥール、ポワティエなどフランス中部の町を通っての道すがら、車が大きく左右に揺れる。揺れるたびにうしろの席の左端に座っているヤニーが、「オー」とか「キャー」といいながら、まん中のジュヌヴィエーヴを右端のぼくにむかって押す。若い娘の体にあまり触れてはいけないだろうから、ぼくはそのたびによけるようにしていた。そしたらジュヌヴィエーヴがこう叫んだ。「私をしっかり抱きとめてよ！」そしてさらにこうつけ加えた。「パパはそのために車を揺らしているんだし、ママは私を押してるんだから」

要するに、若い女の体に触れてちょっと楽しみなさい、ということだったのだ。

パリの研究室

イエールの家での日常生活が始まった。何か仕事をしながら、ボードワン先生は当時日本でも流行っていた「川は流れる」を大声で歌っている。食事どき、台所のテーブルには、めいめいにスープ皿が一枚。ヤニーがついでくれたスープを飲み終えたら、パンで皿をふく。そこに肉か魚の料理を取る。そしてまたパンで皿をふいて、サラダ。何と合理的なこと！

ボードワン先生がいつか自慢していたとおり、ヤニーは料理がとびきりうまい。じつにあっさりと作っているのに、味は抜群だった。食事が終わると、ボードワン先生はエプロンをかけて食器を洗う。そのたびに、「ちくしょう、これが新しい文明だよ」とぶつぶついいながら。

パリ大学のボードワン先生の研究室で、ぼくは海の泡の研究をつづけた。ボードワン先生は三つの仮説を立てていた。一、泡が立つのは海水の表面張力を下げる物質が水面に膜を作っているからだ。二、その物質は海草から分泌されて海水にとけ込む。三、波が打ち寄せて泡が立つと、この物質を吸着して水面へ運び、膜を作らせる。

「この仮説は三〇年前に立てたのだが、いまだに証明できずに悩んでいる。何とかして証明してほしい」自説を図示した論文を見せて、ボードワン先生はこういった。

「ウィ、ウィ。やってみましょう」ぼくは簡単な実験で次々に仮説を証明してしまった。ひと月もかからなかった。

ボードワン先生は大喜びした。いつもの超フランス式の大げさな身ぶり手ぶりで、ぼくをほめてくれた。「あなたはほんとに頭がいい。こんな簡単な実験で、明快に証明してくれた。アメリカ人だったら大変な機械を使って、金をかけて、結局証明できないだろう。あなたはほんとに頭がいい！」そしてボードワン先生はつけ加えた――。

「まるでフランス人みたいだ」

∞

ぼくはフランスへ来たらもう一人会いたい先生がいた。ストラスブール大学でバッタのホルモンを研究しているジョリー教授。この話をしたらボードワン先生はいささかご機嫌を損ね、ジョリー教授の悪口をいいだした。「あいつはとんでもなく冷たいやつだ。あなたの面倒なんて見てくれやしないぞ」

けれどその翌日、まだぶつぶついいながらも、指導者としての許可書を渡してくれ、ぼくはそれを政府事務局へ提出して正式の許可をもらった。パリもだいぶ寒くなった一〇月末、ぼくはもっと寒いというストラスブールへ出発した。フランスへ来てはじめての汽車の旅であった。

思い出深いストラスブール

ストラスブールのジョリー教授はもちろんボードワン先生とキャラクターはちがうが、けっして冷たい人ではなかった。美しい奥さんのリーヌも研究者で、研究室も若い人たちばかり。ルクセンブルク人の助手、ジュール・ホフマンがとりしきっていた。

ここではぼくはムッシュー・イダカではなく、トシであり、みんなとテュトワイエ（tutoyer：「あなた・わたし」でなく、「きみ・ぼく」の関係で話す）していた。イエールでは家族だったが、ストラスブールではコパン（copain：遊び仲間）だった。

精神分析の勉強に来ていた岸田秀《きしだしゅう》氏をはじめとする日本人留学生たちや、その友だちのフランス人学生たちとも知りあった。その中の一人であった文学部の女子学生クリスチアーヌとは深い仲を結ぶことになった。このころに会ったアルベルト・フジモリが、のちにペルーの大統領になろうとは、もちろん予想もしていなかった。

日本では病気の父親に代わって、アルバイトにつぐアルバイトで家族五人を支えてきたぼくにとって、ストラスブールは唯一の学生時代だった。一二月にイエールへちょっと帰ったとき、そんな話をすると、ぼくがストラスブールの夜と霧の中で一人寂しくしているものと思い込んでいたボードワン家の人々はやっと安心した。

∞

一二月の末、ジュヌヴィエーヴの結婚式があった。フランスでは教会での式の前に、役場へ行って宣誓をする。ぼくは次男のピエールとともにその証人役をつとめた。

教会での式の間に帽子がまわってくる。介添え役をつとめる人をねぎらうお金を募るのである。ぼくは五フラン入れようとしたら、となりの人が、そんなにいらない、二フランでいいよ、といってくれた。

式が終わると、新郎新婦は入口に立ち、新婦は参列者から祝福のキスを受ける。もちろん、唇にではなく頰へのキスであるが、フランスでは通りがかりのだれでも式に入ってきてお祝いできるのだから、新婦は大変だろう。ぼくはそのときひどい風邪をひいていたので、キスを遠慮した。するとボードワン先生がいった。「キスしなさい。今日はただ（無料）だ」そういわれると残念なような気がしたが、その後ジュヌヴィエーヴには何度もキスすることになったから、今は何も後悔はしていない。

式から帰って、ボードワン家の裏庭でパーティーになった。ジュヌヴィエーヴは美しかった。それにひきかえ、新郎のドミニックはいかつい。彼とはイール・ド・レエのときから知っているが、あらためて不思議なカップルだと思った。午後いっぱいつづくパーティーの間に、電話が次々とかかってくる。「ドミニックはいますか？」困ったことにボードワン先生の長男もドミニックである。「どのドミニック？」と聞き返さねばならなかった。

∞

夜になると、みんなはどこかに踊りにいった。風邪でしんどいのでぼくはこれも遠慮して、ボードワン夫妻と三人、居間で話していた。ふとボードワン先生がいった。「ドミニックはアラブの血が入っているんじゃないかな」「そういえば、ドミニックのおばあさんだったかの名前がまるでアラブの名前だったような気がする」とヤニー。

ぼくはびっくりした。結婚式が終わってからこんなことを話している！　日本だったらもっと詳細に調べあげるだろうに。これもフランス式かな、とぼくは思った。

フランス語でぶった大芝居

一九六五年二月。ぼくは思い出多いストラスブールに別れを告げて、イエールの家に戻った。ところがまもなく一大事件がおこった。ある朝早く、ぼくは二階の自室にいた。下ではボードワン先生が電話で何か興奮してしゃべっている。突然、「え？　だめだった。なぜ？」という大声とともにドドーンという音がした。「ムッシュー・イダカ！」とヤニーの悲鳴。駆け下りていったら、電話を手にしたままボードワン先生が倒れている。前夜から泊まりにきていたジュヌヴィエーヴ、ドミニック夫妻と一緒に、とにかくボードワン先生をソファに寝かせた。

ボードワン先生はパリ大学のある特別な教授職につきたいと思っていた。今朝、友人のポソンペス教授に電話して夕べの会議の結果を聞き、だめだったと知って卒倒してしまったのである。

それからが大変だった。ソファに寝たまま、うらみつらみをどなりつづけるボードワン先生を、ヤニーとジュヌヴィエーヴ、そしてぼくも懸命に慰めるが、聞き入れるどころではない。そのうちにボードワン先生がこういった。「おれが研究をしてきたのはこの教授になるためだった」これを聞いてぼくはとたんに口調を変えた。

「そうか！　そんなことだったのか！　ぼくを呼んでくれたのもそのためだったのか！　それならぼくは明日にでも日本に帰る！」

∞

ボードワン先生の顔つきが変わった。そして小さな声で、「悪かった。けっしてそんなことじゃない。研究そのものが好きだったんだ」といいはじめた。

「それなら帰るのはやめる。明日からまた一緒に研究しましょう」というぼくに、ボードワン先生はうれしそうにうなずいた。

「疲れたから少し眠る」——ほっとしたヤニーは夫にやさしくキスをした。ジュヌヴィエーヴはドミニックに抱きついた。ぼくは一人でボードワン先生の寝顔を見つめているほかなかった。とにかくこれは、ぼくがフランス語でぶった一世一代の大芝居だった。

四月初め、ぼくはフランスでたくさんのことを学んで日本に帰った。それから何と一〇年。京大へ移る直前に、やっと再びフランスを訪れる機会ができた。フランスの郵便ストのため、ぼくは電報でそれを知らせた。迎えにきたピエールはいった。「一〇年目にいきなり電報じゃ、髪が白くなっちゃうよ」

その後ぼくはケニア・ナイロビの国際昆虫生理生態学センターの仕事にかかわったこ

ともあって、ほとんど毎年、フランスへ寄れるようになった。京都での国際昆虫学会のときは、ボードワン夫妻を招待した。せめてものお礼のつもりだった。

∞

三〇年あまりの間にはボードワン一家にもいろいろなことがあった。長男のドミニックは離婚した。つづいて次男のピエールも。ボードワン先生は嘆き、怒った。その後、ジュヌヴィエーヴも別れてしまった。このとき父親はうれしそうだった。

ボードワン先生が病気になり、南仏アレスの病院まで見舞いに行ったこともある。その後、ヤニーが亡くなった。ジュヌヴィエーヴからは、悲しい、寂しいという手紙が何通も来た。一九九四年の夏、ぼくはボーヴェイ郊外にあるジュヌヴィエーヴのまた新しい男友達のすてきな家で、ボードワン先生に会った。彼はめっきり年とっていた。ぼくはしみじみと歳月を感じた。

ぼくの博物誌

気だてのよいネコ、悪いネコ

いろいろな国のいろいろなところで見たこと思ったことを書いてきたが、これからしばらくは人間の国ではなく、動物たち植物たちの国の話をしてみようと思う。そこでもいろいろおもしろいことにたくさん出会えるにちがいない。

さて何から始めようかと考えていたら、うちのネコがひょっこりやってきた。さっきまでとなりの部屋のソファの上で丸くなって眠っていたのだが、いつのまにか目をさましたらしい。ネコという動物はいつもこんなふうに出没自在。そこがネコの魅力の一つなのだ。

うちのこのネコはそろそろ一〇歳になるメスである。一〇年前のある日の朝、たまたま玄関のドアを開けたら、小さな子ネコがニャアと小声で鳴いて入ってきた。

いわゆるキジネコの毛並みで、生まれてせいぜいひと月というところ。丸々太ってはいないけれど、何となく気が弱そうで、かわいらしい。妻のキキが思わず抱き上げたら、何の恐がりもせず、素直にうれしそうに抱かれている。どこかの家で生まれたのに、かわいそうに捨てられてしまったのだということがすぐわかった。娘のレミと三人、ぼくらはすぐこの子を飼うことにした。名前はちょっとわけがあって、「オワ」ということになった。

幸いにして、そのころうちには、なぜかほかのネコはだれもいなかった。だから、オワがほかのネコとの確執に巻き込まれる心配もなかった。

オワはほんとにいいネコだった。ぼくらにすぐなつき、えさをねだったり、部屋のすみで眠ったりして、どんどん大きくなっていった。けれどやっぱりネコのこと。「おいで！」と呼んでも来るわけではない。でも自分がだれかのそばにいたいときは、こちらが多少迷惑でも平気でやってきて、ひざの上で丸くなったり、ぼくが一生懸命書いている原稿用紙の上にすわりこんでしまったりする。

ネコがなぜこんなにわがままかというと、それはネコが単独生活をする動物だからである。ネコがほかのネコと一緒に暮らすのは、小さな子どもの間だけだ。そのとき子ネコは母ネコと一緒にいる。父親はどこにいるかもわからないし、ほかのネコが寄ってきたら、母ネコはフーッとうなって、それがオスであろうとメスであろうと追い払ってしまう。

昔、うちにネコが何匹もいたころは、うちの中のネコどうしが夫婦になり、子どもを産んだこともある。子ネコたちに乳をやっているところへ、たまたまその父親ネコが通

りかかることもあったが、母ネコは夫であったそのオスネコに、猛烈な剣幕で襲いかかり、けがまでさせて追い払ってしまった。それ以来そのオスネコは恐がって近寄ろうともしなくなった。

だから子ネコたちは母親しか知らない。母親はじつによく子ネコの面倒を見る。子ネコたちがぐっすり寝こむと、そうっと立ち上がって、食事をしたり、用を足したりしにいく。でもその間に子ネコのだれかが目をさまして、ミィーッと鳴いたりしたら、母親はすべてを放り出して子ネコのところへとんで帰ってくる。

そして子ネコをなめてやり、飲み足りていなかったら乳をやり、それこそ「猫かわいがり」という昔からの言葉のとおり、子ネコたちをかわいがる。

それなら子ネコたちどうしも仲がよいかというと、どうもそうではないらしい。母親の乳をめぐってたえず争っているようだ。母親の乳の量には限度があるから、強引に兄妹を押しのけて母親の乳首に吸いつく子が、どうしても育ちが早くなる。

力が強くなかったり、気後れしたり、あるいは遠慮がちだったりする子はどうしても育ちが悪くなり、丸々と太ったかわいい子ネコとはいえなくなることが多い。

ずっと昔、ぼくはそんなことは知らなかった。だから、いちばん丸々としていかにも子ネコらしい子をかわいいと思って、その子ばかりを抱き上げてやったりしていた。

けれど、そのうちにわかってきて愕然《がくぜん》とした。そういう子はいちばん強引で、いうなればいちばんたちの悪い子なのである。気だてがよくておとなしい子は、たいてい丸々とは太っていないものらしい。じつはこういうことは、ひと腹の子が多い場合に、ほかの動物でもおこっている。

ぼくがうちの玄関ではじめてオワを見たとき、すぐ頭にのぼったのはこのことだった。この子はきっとおとなしくて気だてのよい子にちがいない。ぼくは一瞬にしてそう思った。そのとおり、オワはほんとうにやさしい子であった。

ネコの幸せ

気だてのよいオワは、何かというと二階のぼくの部屋にやってくる。

夜、ぼくがもう寝ているとき、廊下で小声で鳴きながら、部屋のドアをひっかくこともあるし、ぼくがトイレに行ったのを、階下でいち早く察知して、急いで階段を駆け上がってくることもある。そんなとき、オワが階段で立てるとんとんとんという足音がよく響く。

オワがドアをひっかいているのに気づいたら、ぼくはすぐベッドから起き出してドアを開けてやる。オワはたいていすぐに入ってくる。けれど、入口に立ったまま部屋の中を見まわしていることもある。そして、しばらくして入ってきて、ベッドにぴょんと跳びのってくるが、そういうときは何だか落ち着かない様子である。

ベッドの上をあちこち歩いたあと、どこかに一応すわってみるが、寝ころぶことはない。両手を揃えて「正座」したまま、ぱっちり目を開けてこっちを見ている。

「ぼくはもう眠いよ。おやすみ」といって枕もとのライトを消して眠りはじめても、オワは眠る気配はない。しばらくしてまたライトをつけてみると、まだふとんの上にちゃんとすわったまま。やがてベッドからぽんと降り、入口のドアのところへいって、前足で床をガリガリひっかく。外へ出たいといっているのだ。理由はもちろんわからない。

ぼくがトイレに行く気配でオワが階段を駆け上がってきたときは、部屋のドアは開いているのに、中には入らない。きちんと廊下にすわって待っている。そしてぼくが部屋に戻ろうとするのを見ると、急いで先に立って部屋へ入っていき、すぐベッドに跳び上がる。そしてたいていは、シーツの上にころんと横になる。ぼくはもうパジャマ姿になっているから、すぐにオワのわきで横になる。そして、小声でオワの名を呼びながら、寝ているオワの背中を撫ではじめる。

オワにとってはこれがじつにうれしいらしい。あのゴロゴロいう声を立てながら、うっすらと目を閉じる。ほんとうに幸せそのもののような様子である。ぼくも幸せな気分になり、早く眠りたいと思いながらも、しばらくオワの背中を撫でつづける。

オワはたいていはそのまま眠ってしまうのだが、ときには何を思ったのか突然むっくり立ち上がり、部屋を出ていこうとすることがある。そんなときは出してやるほかはないが、いったいどうしたというのだろう？

そんなことを何度も見ているうちに、ネコにとって何が幸せなんだろうかと考えてしまうようになった。

以上に述べたような行動は、オワの場合だけに限らない。これまでうちにいたいろいろなネコにも、たいていあてはまることであった。

ベッドに横になって撫でてもらっているとき、ネコはそれこそ、「至福！」といった感じである。けれど、昼の間にはそんな機会も状況もない。昼間には、ネコが幸せを感じることはないのだろうか？

イヌは人につき、ネコは家につくといわれるが、どうもそうではないらしい。うちにいるネコたちが、ぼくら人間にものすごく関心を抱いていたことはたしかなのである。

かつて庭でよくバーベキューをしていた時期があった。そのころにはネコも数匹いた。ぼくらが庭で食事を始めると、ネコたちは一匹、また一匹と家の中から出て、庭にやってきた。けれど彼らはぼくらのわきに寄ってきたりすることはなく、一匹は近くの物置の屋根、一匹は生垣の上、一匹は塀の上などと、思い思いに別々のところにすわったり腹ばいになったりして、そこからぼくらのほうをじっと見ているのである。その距離は一メートル半ぐらいというところであったろうか。

そして、何かをねだったりすることもなく、ただ人間の近くにいるだけなのである。

その後もずっと観察していると、これはネコたちに共通したことらしいのだ。

飼い主から一メートル半ぐらいのところに寝ころんだ状態で、飼い主とともにいること——これがネコたちにとっての幸せなのだ。

それ以上近くに寄ってくることはあまりないし、抱き上げられるのもそれほど好きではない。ある距離をへだてて、しかし飼い主の近くで、飼い主の存在を見ている。ネコたちにはそれがうれしいことなのだ。

抱かれたり背中をさすってもらったり、それもよい。けれど基本は少し離れて近くにいること。これは人間と人間の関係とも、どこか似ているような気がするのである。

チョウはどこまで見えるか

日々のことに追われているうちに、二〇〇五年ももう夏になった。町の中にもチョウたちの姿が目に入る。

モンシロチョウ、アゲハチョウ、シジミチョウ。ほかにもいろいろいるが、よく見なければ名前がわからないチョウもいる。

ひとくちにアゲハチョウといったって、まっ黒いクロアゲハもいるし、黒と黄色の縞《しま》模様《もよう》になったナミアゲハもいる。そんなチョウたちが思い思いにひらひら飛んでいる。

彼らはあんなに自由自在に飛びまわっているけれど、まわりの物がどれくらい遠くまで見えているのだろうか？ あるときぼくはそんなつまらないことが気になってしまった。

ところがこれは、おいそれとはわからない。チョウに聞いたって答えてくれるはずもないからである。

その答えがわかったのは、チョウのオスがどうやってメスを見つけるか？ というこ

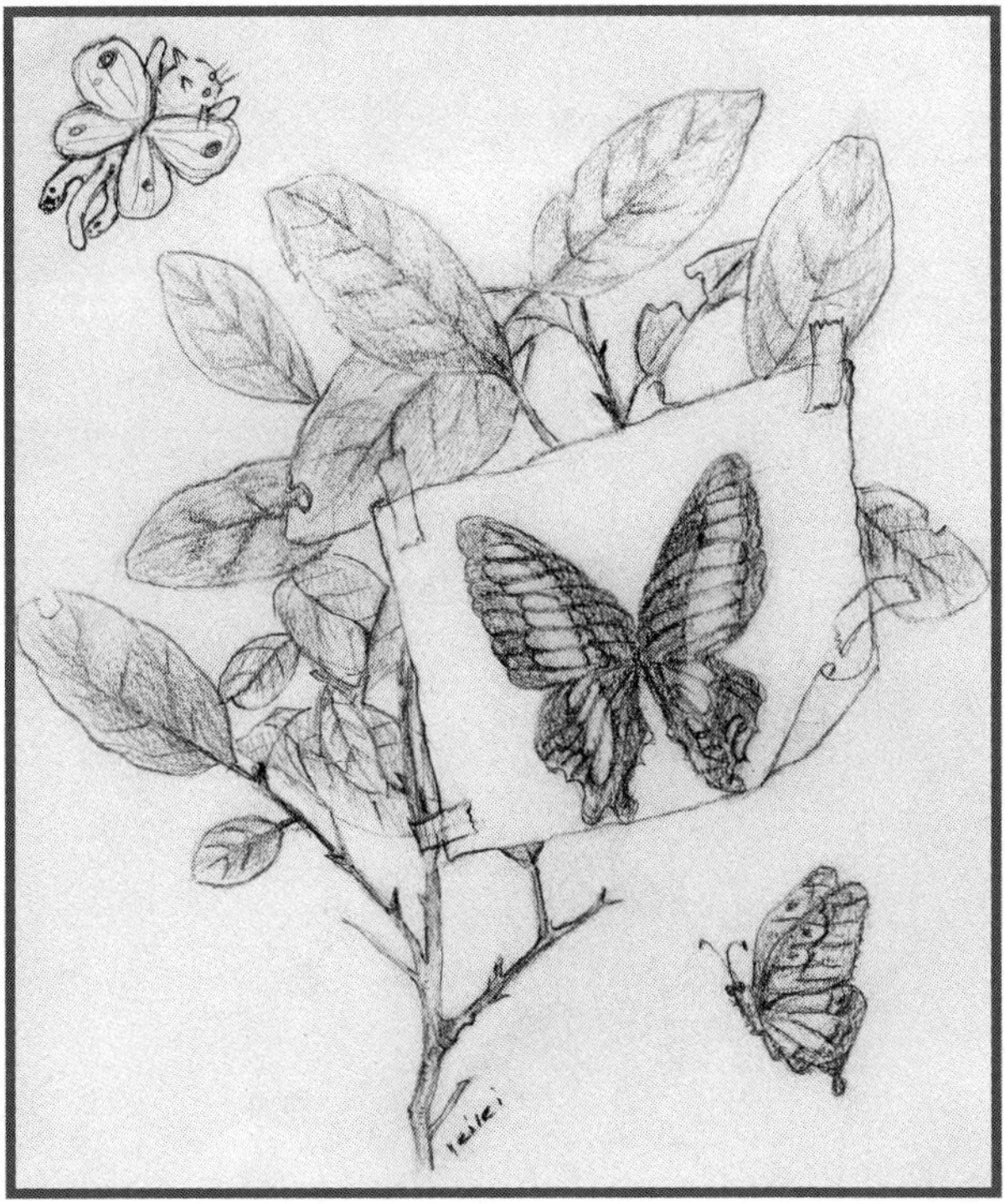

れまた何の役にも立ちそうにない研究をしていたときであった。

チョウのオスたちがあちらこちらと飛びまわるのは、メスを探すためである。そこで、ナミアゲハのメスの標本の翅だけを透明なアクリル板に貼りつけ、それをカラタチの枝の先にとめてオスの行動を調べてみることにした。

しばらく待っていると、一匹のオスのナミアゲハが近くを通りかかる。たいていの場合そのオスは、メスの標本に気づかず、そのまま飛んでいってしまうのだが、ときにはある距離のところで突然さっと飛ぶ向きを変え、メスの標本に飛びついてくることがある。

そのときの距離は、メスの標本からほぼ一メートル、最大で一メートル半弱であった。それより遠くを飛んでいたオスは、標本に気づくことなく飛んでいってしまうのである。

これでわかった！　オスは、一メートルぐらい先までしか見えていないらしいのだ。

これはぼくにとって、いささか驚きであった。アゲハチョウはあんなにひらひらと自由自在に飛んでいるのに、じつは最大でも一メートル半先までしか見えていないのである！

ではモンシロチョウではどうだろう？

ぼくはモンシロチョウで同じ実験をやってみた。答えは七五センチだった。もっと小さいシジミチョウでは、なんとたったの一五センチ！

チョウたちはこれほど近くまでしか見えていないのだ。

草木の上をひらひら飛んでいる彼らにとって、そこから先はただぼやっとした緑色の世界に過ぎないのだろう。

このことがわかってから、ぼくにはチョウたちの姿がまたちがうものに見えてきた。優雅に飛んでいるチョウたちは、けっしてのんびり楽しんでいるわけではない。ああやってひらひらとあちこち飛びまわっていなければ、メスも花も見つからないのである。

メスは卵を産みつける植物も探さねばならない。限りなくある緑の中から、自分の子どもが食べられる植物を確実に探しだすのはじつに大変なことだろう。チョウたちも苦労しているのだ！　それがぼくの実感だった。

じつはさっき述べた一メートルとか一五センチとかいうのは、チョウの前や両わきについてのことである。うしろについてはそうではない。鳥は前後左右三六〇度見えるといわれるが、チョウではそんなことはない。飛んでいるときうしろは見ることができないのである。

その一方、空高く飛んでいるときのナミアゲハには、一〇メートルも二〇メートルも離れた緑の木立が見えていることもわかった。

広い運動場のまん中でナミアゲハを放してみると、彼らは必ず緑の木立のある東の方向へ飛んでいった。そしてそれは、そのときの時刻や風向きや日射《ひざ》しなどとはまったく関係ないのである。

つまり、このチョウは、何かの理由で空高く舞い上がってしまったとき、ずっと遠くのどの方向に緑の木があるかがわかるらしいのである。すぐ目の前だったら、一メートルしか見えないのに……。

けれど、モンシロチョウにはそんなことはわからないらしい。そのためだろうか、風に高く吹き上げられてしまったモンシロチョウは、必死になってひたすら地上へ戻ろうとする。

チョウたちの生きかたもじつにさまざまなのだなあとぼくは思った。

ヒグラシの時計

　地球温暖化とはいいながら、二〇〇五年は春の来るのがおそかったし、桜の咲くのも例年より一〇日ほどおくれたとか。けれど今はもうすっかり夏になって、京都洛北《らくほく》にもニイニイゼミが鳴きだした。ヒグラシの声を聞くのももうすぐだろう。

　だれもが知っているとおり、ヒグラシは夏の朝一番にカナカナカナと鳴き始める。朝といっても日の出前、まだ暗いうちだ。そして一匹が鳴きだしたら、たちまちにして大合唱になる。どうしてこの時間を知るのだろうと、ぼくは長年の間不思議に思っていた。

　今からもう三〇年以上前、ぼくがまだ東京の農工大に勤めていたとき、はからずもこの謎にかかわることになった。

　そのころぼくは、アメリカシロヒトリという小さな蛾《が》のことを研究していた。

　第二次世界大戦が終わってアメリカ軍が日本に進駐してきたとき、おそらくその積荷とともにこの蛾のサナギがアメリカから日本に持ちこまれ、そのサナギからかえった蛾が日本中に広まっていった。

これはヒトリガ（灯取り蛾）という蛾の仲間で、翅が白く、それまで日本にはいない種類だったので、新しくアメリカシロヒトリという和名がつけられた。アメリカシロヒトリはたちまちにして、幼虫が町の桜の木などを丸坊主にしてしまう大害虫になった。

この新天地日本で、この蛾はなぜこんなに元気にふえていけるのだろう？　ぼくらはそれを知りたくて小さな研究会を作り、ぼくは主に繁殖行動の研究を受け持った。

この蛾がサナギで冬を越し、年に二回、五月と七月に親の蛾になって繁殖することは、予備調査でわかっていた。ぼくらは七月の蛾についての研究から始めた。大学が夏休みなので研究に都合がよかったからである。

蛾だから繁殖行動は夜である。ずっと徹夜をして待っていると、朝四時、東の空が少し白み始めたかなというころ、どこかで一番鶏《いちばんどり》がコケコッコーと鳴く。すると時を同じくして、ヒグラシたちが鳴き始める。そしてそれとともに、アメリカシロヒトリの白いオスたちが何匹も、どこからともなく一斉に姿を現し、ぼくらのまわりの闇の中をせわしなく飛びまわり始めるのであった。

ニワトリとヒグラシとアメリカシロヒトリ。この三つが同時に活動を始めるとは思ってもみないことだった。なぜだか知らないが、この三つの生きものたちは「同じ時計」を持っているのだとしか考えられない。

その「時計」とは何だろう？

当然ながらぼくらは毎日、彼らの活動開始の時刻を記録していった。それはたいてい朝四時きっかりであった。でも彼らが朝四時などという時刻を知っているはずはない。

ある日、一番鶏の声がいつもよりだいぶおくれて、四時一五分になったことがあった。するとその日は、ヒグラシの鳴き始めも四時一五分、そしてアメリカシロヒトリの出現も四時一五分と、すべてが一五分ずつおくれたのだった。

その日はじつは小雨が降っていた。少し明るくなってきてから空を見ると、厚い雨雲が空を一面に覆っていて、あたりはいつもの朝よりずっと暗かった。

それでわかった！　時計は「明るさ」だったのである。

日の出前、まだ地平線より下にある太陽からの光が空に反射して、夜がほんのりと白み始める。そのときの一定の明るさに反応して、ニワトリもヒグラシもアメリカシロヒトリも活動を始めるのだ。

その「一定の明るさ」というのがなぜかこの三つの生きものについて同じなので、三つは同じ時間に活動を始めるのである。ぼくらはその「明るさ」を測定しようと思った。けれど残念ながら、当時の旧式の照度計では感度が低すぎて、その明るさを測ることができなかった。

だが、たとえ感度のよい照度計があったとしても、その明るさを知るのはおそらく無理であっただろう。ニワトリもヒグラシもアメリカシロヒトリも、それぞれ自分のいる場所の明るさに反応しているはずだからである。

彼らがちょっと木かげにいたら、そこの明るさはまわりの開けた場所とはちがってしまう。動物たちが一般的な明るさにしたがって生きているのではないこともよくわかった。

これもぼくにとってとても大切な経験だった。

秋の夜長の虫の声

セミたちの夏も終わると、秋は鳴く虫の季節である。長い秋の夜を鳴きとおす、「ああおもしろい虫の声」と歌にもあるとおりだ。

けれど当の虫たちにしてみれば、「ああおもしろい」などというものではない。あの虫たちの鳴き声は、オスが必死でメスを呼んでいる声なのである。

どんな動物でも、自分の子孫を残すためにはオスとメスが出会うことが不可欠である。そしてどの動物のオスもメスも、自分の子孫をできるだけ多く後代に残したいと「願って」いる。その結果として、さまざまな動物たちの種類が、何万年、何十万年にわたって維持されてきた。現代の生物学はそのように考えている。

じつは、昔の生物学はそうは思っていなかった。一九六〇年代より昔の生物学では、動物たちはみんな、「自分の種族を維持するため」に一生懸命努力して生きているのだと考えていた。

けれど一九六〇年ごろから、野生の動物でいろいろなことが発見され、学会で報告され始めた。たとえばアフリカのライオンやインドのある種のサルのオスは、ほかの群れを乗っとって、そこで育っている子を全部殺してしまう。その子たちは自分の種族の次の世代を担う大切な存在なのに、である。そしてオスは、乗っとった群れのメスたちに自分の子どもを産ませるのだ。

そうなると、「動物たちは種族を維持しようとしている」という考えは、大いにあやしくなってきた。

研究者たちがいろいろ考えたすえ到達した結論は、次のようなものであった。

動物たちは自分の「種族」のことなどは「考えて」いない。彼らが願っているのは「自分自身の」子孫をできるだけたくさん後代に残したいということだけである。だからオスは他のオスが産ませた子は殺し、自分自身の子を産ませる。そしてできた子を懸命に育てあげようとする。その「結果」として、「種族」も維持されるのだ。

こういう考えに立って虫たちを観察してみると、まったくちがうものが見えてくる。

オスたちはああやって夜どおし鳴きつづけて、メスを呼ぼうとしている。鳴くのはオスだけで、メスは鳴かない。左右の前肢に一つずつある耳でオスの声を聞き、その方向へ歩いていってオスに近づこうとする。

すると同じようにオスの声に向かって歩いていくほかのメスがいることに気づく。そこで争いがおこる。二匹のメスはぶつかりあい、ついに一方があきらめて逃げていく。

KiKi

オスどうしの間にも争いがある。オスは近くで鳴いている他のオスを追い払おうとする。鳴いているオスがそれに気づくと、それまでの「リーリー」という美しいセレナーデをはたと止め、はげしい敵意をこめたチッチチというライバル声に切り換える。

こういう異なる歌の「楽譜」は、翅を動かす胸の神経のかたまりの中に備わっている。脳が状況を判断して、歌うべき歌の楽譜を指示するのだそうである。

メスはメスで、どのオスにでも近寄っていくわけではない。もちろん自分とちがう種類のオスに向かっていくことはない。それはメスがオスの歌を聞きわけているのではなく、ほかの種類のオスの歌は、いわば「耳に入らない」のである。メスは自分が生まれながらにチューニングされたタイプの歌だけしか、聞こえないらしいのだ。そして、聞こえてくる歌の中でいちばん元気のよい声の主のほうへ近づいていく。

鳴く虫たちの歌声は、ぼくらにとっては美しいメロディーに聞こえる。メスたちはこのメロディーに聞き惚《ほ》れるのだろうか？

残念ながらどうもそうではなさそうだ。

メスはオスの歌のメロディーではなく、そのピッチだけをとらえているのだという研究がある。たとえばあのマツムシのチンチロリンという優雅な音色もメロディーも、メスにとっては意味がないらしい。オスの声を待っているマツムシのメスに、ガラスの器を棒でたたいて、カンカカカンという音を聞かせてやると、メスはその音に向かって走り寄ってくるのだそうである。

もし本当にそうだとすると、日本人が遠い昔から愛《め》でてきた秋の鳴く虫たちの美しい声は、虫たちどうしにとってみればいったい何であったのだろう?

晩秋の蛾

毎年この季節になると、いつも不思議に思うことがある。

それはこんな季節に出てくる蛾がいるということである。

こんな季節とは一〇月末から一一月。秋も深まって、咲く花もちらほらとしかなく、天気のよい日の昼は小春日和だが、朝夕はめっきり冷えこむというこんな季節をわざわざ選んで、そういう蛾たちは姿を現す。

たくさんの虫たちが飛びまわる夏や、気持ちのよい秋には、彼らの姿はまったく見られない。彼らはどこにどうしていたのだろう？

木かげのまゆの中で、サナギとして眠っていたのである。

そして秋も終わりかけ、もう寒くなってくるころ、何カ月かの眠りから醒《さ》め、親の蛾になってその姿を見せるのだ。

どういう理由でこんな季節を選んだのだろう？　小鳥たちの巣作りと子育てがもうとっくに終わった時期だから、少しは安全だというのか？　花がないのは気になるまい。

こういう蛾たちは食物など食べないからだ。いずれにしてもぼくにはいまだに不思議である。

こういう蛾の中にぼくがよく知っているウスバツバメという蛾がいる。

ウスバツバメは鳥のツバメの一種ではなく、マダラガという蛾の仲間である。大きさはモンシロチョウより少し小さいぐらい。うすくてきゃしゃな感じの白く美しい翅に尾のような突起がある、見るからに優雅な姿をしている。

この蛾は一〇月から、年によっては一一月にかけての朝早く、サクラの木の梢《こずえ》をじつに頼りなげにひらひら飛ぶ。必ずサクラの木のまわりを飛び、飛ぶ時間帯も六時半から七時半ごろまでの一時間ぐらいと決まっているから、多いときには何十匹もの白い蛾がひらひらと舞うことになる。

不思議なのはその活動時刻だ。寒い朝ほど蛾の活動の始まる時刻がおそくなる。わざわざ寒い季節が来るのを待っていた蛾なのに、やはり暖かいほうを好むとは、何と気むずかしい蛾なのだろう。いずれにせよ、朝飛んでいるのはすべてオスである。メスはサクラの枝先の葉裏にじっととまって、オスの来るのを待っている。

メスはほかの蛾の場合と同じように、腹の先から性フェロモンの匂いを放ち、それでオスをひきつけようとしているのだが、それがじつはなかなか大変なのである。

メスを探してひらひら飛んでいるオスは、しばしばメスのすぐそば、ほんの数センチ

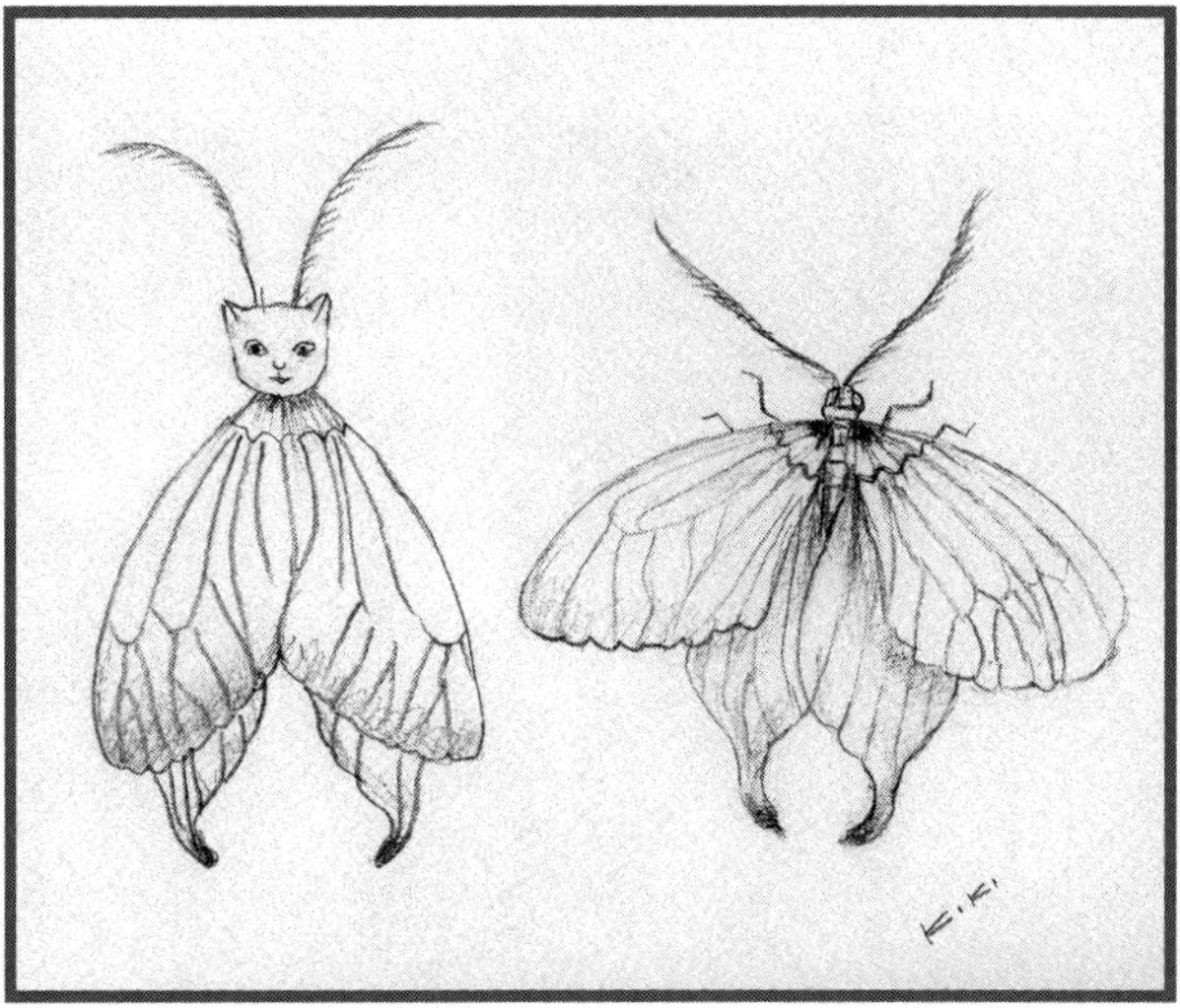
K.Ki

のところを通りかかる。だがオスはなぜかメスの存在に気がつかない。むなしくそのまま行ってしまう。そのうちにまた次のオスが来て、また行ってしまう。見ているほうがじりじりする。

だがあるとき、たまたま一匹のオスがメスに気づき、枝先にとまって、歩きながらメスに近づいていく。やれやれ、これでうまくいくかな、と思って近寄って見ると、何ということかメスは、やはり歩きながら、そろりそろりとオスから遠ざかっていくではないか！

オスはメスの匂いに興奮して翅をばたばたさせながら、メスのほうへ向かって進む。するとそのオスの翅の動きで気がついた他のオスが、一匹また一匹と枝先にとまり、みんなそろってメスのほうへ向かおうとする。オスどうしがぶつかったり、押しあったりして、何匹ものオスの群れは大さわぎになる。

ほかのオスに振り落とされるオスもいる。あたりにメスの匂いが立ちこめているので、近くのオスをメスだと思って腹を曲げるアホなオスもいる。そんなオスは蹴とばされて落っこちる。一〇匹近くのオスがかたまりになって、翅をばたばたさせながら、こんな混乱が何分間もつづく。

メスは少し離れたところで高見の見物という形だ。

そうこうするうちに、何とかほかのオスを振り払った一匹のオスが、オスのかたまりから抜けだしてメスに向かい、メスのところへ到達する。するとメスは、そのオスとつがいになる。どうやらメスは、いちばん強い、粘り強いオスを選ぼうとしていたらしいのだ。

まだ眠い目をこすりながら、毎日オス・メスのこのかけひきを見ていたぼくは、こんな優しそうな蛾でも、メスはやはりじつにしたたかであることに驚くほかなかった。

午後になると、この蛾はまた飛ぶ。だがこのとき飛ぶのはすべてメスだ。やはりサクラの木にやってきて、幹の皮の割れ目に卵を産むのである。

冬のお祭りビワの花

生きものたちの季節である春や夏でなく、わざわざ秋を待って出てくる蛾がいることはすでに述べた。けれどそういう変わり者は、蛾のような昆虫だけとは限らない。植物にもいろいろと似たようなのがあるのである。

その一つは、たとえばビワだ。

ビワとはいうまでもなく、夏の初めに食卓を飾るあの果物である。可憐な姿に似合わぬ大きな種子があるが、ほかの果物とはちがうビワ独特の味を好む人は多い。

近ごろはたいていの野菜が一年中栽培されるようになったので、昔は夏の象徴であったトマトが正月でもスーパーに並んでいるようになったりして、季節感というものがまるでなくなってしまったが、リンゴとかミカンとかのように木に実る果物は、さすがに季節を守っている。中でもビワは一年のうちでごく決まった季節にしか食べられない、貴重な果物の一つだといえよう。

祭

「ミカンの花が咲いている」という歌もあるし、「リンゴの花ほころび」というロシアの民謡もよく知られているが、これらはどちらも春の初めの歌である。

ではビワの花はいつごろ咲くのだろうか？　それを知っている人はほとんどいないように見える。

じつはビワの花は、冬、一二月に咲くのである。だれでも知っているとおり、ビワは見上げるくらい背の高い木である。花はその高い梢の先に咲くから、ビワの花を見たことのある人はごく少ししかいないだろう。

たとえ木が高くても、サクラとかウメのようによく目立つ花が、しかも葉の出る前に咲くのであれば、それはよく見える。

けれどビワの花は小さくて、よほど気をつけて見なければわからないほど目立たない。しかも梢にはあの大きな葉がたくさん茂っていて、花はそのかげになってしまう。

おまけに一二月という季節が悪い。だれもこんな季節に木に花が咲くとは思うまい。だから人々は翌年の夏、果実が実ってオレンジ色になったとき、はじめてビワに気がつくのである。

幸いにもぼくは、高校生のころだったか、それとも大学に入ったあとだったか、ある人の本を読んでいたとき、ビワの木の花が冬の初めに咲くことを知った。

だれの本だったか、今ではもう思い出せない。もしかするとあの『昆虫記』で有名なファーブルの本だったかもしれないが、フランスにもビワの木があっただろうか？うっすらと憶えているその文章には、「冬、ビワの花はお祭りだ」と書いてあったような気がする。

とにかく半信半疑でぼくは近くの家の庭先にあるビワの木のところへ行き、思いきり背伸びをして、いちばん低い枝の先の花をのぞいて見た。

それはほんとうに「お祭り」であった。

一二月とは思えない小春日和の日で、雲一つない青い空から日光がさんさんと照っていた。じっとしていても少々汗ばむくらいの暖かさだった。

梢の枝先のビワの花には、冬だというのにどこからか何種類かのハエやヒラタアブが飛んできていて、ときどき翅を震わせながら花から花へと移り歩き、しきりに蜜をなめていた。耳をすませばその羽音はまさにお祭りのざわめきに聞こえた。

一匹のハエが飛び立ってどこかへ姿を消すと、たちまちにしてべつのが飛んでくる。ビワの目立たない白い花には、ハエたちが入れかわり立ちかわりやってきて、せっせと蜜をなめ歩くのであった。

ハエたちはこうしてビワの花の受粉を助けているにちがいない。近くの花から体につけてきた花粉が、蜜をなめるときその花のめしべにつき、そのときおしべからくっついた花粉を、またべつの花へ持っていくのだろう。

こうして受粉しためしべから、半年後、おいしいビワの果実が実るのである。

こんな冬の初めに花を咲かせる植物はほかにはあまりないだろうから、やってくるハエたちはほとんどみなビワの花粉だけを持ってくるはずだ。だから受粉の効率はきわめてよいと思われる。寒くて天気の悪い日も多いだろうこんな季節に花を咲かせるビワの戦略は、この効率のよさに賭けているのかもしれない。

生きもののナチュラル・ヒストリー

小学校四年生のころ、ぼくはよく学校をずる休みして、家の近くの小さな原っぱで虫たちを見ていた。

木の小枝を小さないもむしが一生懸命歩いている。思わずぼくは、「お前どこへ行くつもり?」と聞きたくなった。

そのうちにいもむしは枝先の若葉を見つけ、むしゃむしゃとそれを食べ始める。「そうか、お前これを探してたんだ」いもむしの気持ちがわかったような気がして、ぼくはうれしくなった。

今考えてみると、それはそのころ読んでいた『少年少女ファーブル昆虫記』とかいう本のおかげだったかもしれない。とにかくそれ以来ぼくは、虫を見ると、「お前何をしているの?」「何のために?」と問うようになった。動物学者になった後も、この気持ちはずっと変わっていない。

こういう見方はいわゆるナチュラル・ヒストリー的なものであることを、その後ぼく

は知った。自然史、自然誌、博物学などとも訳されるナチュラル・ヒストリー（Natural history）は、動物、植物、化石、鉱物をあるがままに記載するもので、生物学、古生物学、鉱物学、地質学などという学問の基礎であるが、ナチュラル・ヒストリーそれ自体は学問ではなく、学問以前、よくいえば学問の入口にすぎないのだ、ということも教えられた。

そして、「何してるの？」「何のために？」と問うことなど、学問としては論外だというのである。

けれど、ぼくは、これに少なからぬ疑問を感じた。鉱物はべつかもしれないが、こと生きものに関する限り、「お前何してるの？」と問わなければ学問にならないのではないか。

「何してるの？」「何のために？」という問いは、当然「なぜ？」「何を？」「どうやって？」という問いを生む。それを解き明かしていくのが生物学ではないのか。

そして「なぜ？」「何を？」「どうやって？」がわかってきたら、「それは何のために？」ということもわかってくる。それでこそ、その生きものを理解したことになるのではないか！

もう少し具体的にいえば、たとえば次のようなことである。

夏になると、夜、部屋の電灯に虫が飛んでくる。そこでいろいろな学者たちは、虫がどのようなしくみで光に飛んでくるのかを研究した。そのためにいろいろ工夫して精密な装置を作り、むずかしい実験をした。その結果わかったのは次のようなしくみだった。暗闇を飛んでいる虫が、たまたま片側（たとえば左側）の目に光を強く感じると、自動的にその反対側（右側）の翅が強く打ち、虫は左に向いて飛ぶ。少し行きすぎて右目に入る光のほうが強くなると、同じようなことがおこって虫は右側に向かう。こうして虫は結局のところ、電灯の光にまっすぐ向かって飛び込んでくるのだというのである。

これはしくみとしてはわからないこともない。けれど、虫はそもそも何のために光にひきつけられるのだろうか？　夜に活動する虫は、もともと光がないので、もっぱら匂いをたよりにして食物や異性や産卵場所を探している。餌や異性などが明るい光を発しているわけではない。それなのになぜ、何のために、虫は光に感じる性質を持っているのだろうか？

不思議に思ったぼくは、それを先生に尋ねてみた。先生は即座に答えてくれた——

「科学では『なぜ?』『何のために?』という問いかけはしないのです。それを問うと答えに神が出てきてしまうからです。科学で大切なのは『いかにして』を究明することです」

「神が出てきてしまうから」という先生の答えは、ぼくもわからないではなかった。けれどやはり、なぜ、何のためにと問わなければ、生きもののことは理解できないのではないか？

たとえば一二月に花を咲かせるビワの木は、なぜわざわざそんな真冬に花をつけるのか？　あるいはその前に書いたウスバツバメという蛾もそうで、なぜこの蛾はそんな寒い朝にオス・メスが出会うようになっているのか？

それはきっと、競争相手や敵が少なくて、より確実に子孫が残せるからにちがいない。それを調べて証明する手だてはあるはずだ。神を持ちだす必要はない。もしそれがちゃんと証明されたなら、なぜビワが一二月に花を咲かせるかも理解できる。

動物行動学やそれに発した行動生態学の進歩のおかげで、今ではこういうナチュラル・ヒストリー的な問いかけは、けっして学問以前のこととは考えられないようになったのである。

体と生きかた

生きもののナチュラル・ヒストリーとは、要するにその生きものの「生きかた」のことだと、ぼくは思っている。

春に花を咲かせるか、寒い冬に花を咲かせるか？

昆虫が冬をどうやって越すか？ サナギで？ 卵で？ 幼虫で？ それとも親虫で？

ちょっと考えてもわかるとおり、世の中にはじつにさまざまな生きかたをする生きものがいるものだ。

なぜ、何のためにそのような生きかたをするのだろう？ どうやって季節の来るのを知るのだろう？ ついそういうことを知りたくなる。

それがナチュラル・ヒストリーへの関心なのだ。

動物にも植物にも体がある。体はそれぞれの生きもので決まった形にできている。

体のつくり（構造）によって、生きかたもちがう。

海辺に行くと、イソギンチャクという生きものがいる。岩にじっとくっついていて動かないから植物のように見えるが、あれは小魚のような獲物を捕らえて食べているから、れっきとした動物である。

てっぺんに口があり、そのまわりにたくさんの触手がある。イソギンチャクは、この触手にさわった小魚を捕らえ、口の中に押し込んで、腸で消化して栄養をとる。

小魚の骨やうろこは消化できないから、食事が終わったら糞《ふん》として捨ててしまいたい。ところが、イソギンチャクには肛門《こうもん》がない。「原始的な」動物なので、口はあるけれど肛門は「まだ」進化していないのだと説明されている。

原始的なのか、まだ進化していないのか知らないが、イソギンチャクはそんなことなど気にしてない。平気で口から食べかすの骨やうろこを吐きだして、捨ててしまう。

要するに、口から食べて、糞も口から出すわけだ。われわれ人間が考えたら、およそ下品で嫌らしい生きかたとしかいえない。

けれどイソギンチャクはそういう体のつくりを持ち、そういう生きかたをする動物なのだ。そしてそうやって立派に生き、次々と子孫を残してきた。

海にはクラゲという動物もいる。丸い傘を動かして海の中をゆっくり泳ぎ、触手で魚を捕らえて食べている。近ごろはクラゲがふえすぎて、魚をみんな食べてしまうので、大問題になっている。

このクラゲもイソギンチャクと同じ仲間の動物で、口はあるが肛門はない。ただしイ

ソギンチャクが上下逆さまになったような体のつくりになっているので、口は傘の下側にあり、獲物の魚はその口から食べ、糞もそこからする。

クラゲもイソギンチャクも、目も耳も鼻も脳もないが、それでちゃんと立派に生きて、子孫を残し、栄えている。そういう生きかたをする動物なのである。

じつはサンゴも同じ仲間の動物である。小さなイソギンチャクがたくさん、木の枝のようにつながったものだと思えばよい。肛門はないから、この枝の中で腸はぜんぶつながっている。

だれかが食べたえさの栄養が、その腸を通って全員のところへまわってくる。そしてだれかが糞をする。そんな生きかたをして生きている動物だ。

肛門がなかったら、どんなに困るだろうと思うかもしれないが、クラゲもイソギンチャクもサンゴも、全然困ってなどいない。サンゴのことを考えたら、肛門がないのはむしろ便利だとさえいえるのだ。

ぼくは昔、玉川大学出版部の玉川児童百科大辞典の第八巻『動物』を、同じ考えの堀《ほり》越増興《こしますおき》さんと二人で、そういう見方から編集した。

地球上にはいろいろな体のつくりの動物がいて、それぞれのつくりに応じた巧みな生きかたをしている。どれが進化していてどれが原始的だという問題ではない。単細胞動物は単細胞動物なりに、昆虫は昆虫なりに、みんなそれぞれの生きかたで生きている。

だからこの地球上にはこんなにいろいろな生きものがいるのだ。

玉川児童百科の『動物』は、その意味でまったく新しい見方に立ったナチュラル・ヒストリーの本になった。ぼくは今もそれを誇らしく思っている。

「生きかた」を知る

前項でぼくは、玉川児童百科大辞典の第八巻『動物』はまったく新しい見方に立ったナチュラル・ヒストリーの本になったと書いた。

それは、この本が、「この動物はまだ進化していない」とか、「この仲間は……と比べて原始的である」とかいう考えをまったくしていなかったからである。

そもそも「まだ進化していない」とか「原始的だ」などというのは、人間の勝手な言い分である。

生きものたちが地球上にあらわれたのは、今から何億年前という古い昔のことである。それ以来、時代とともに少しずつちがう生きものがあらわれてきた。

それをあとから見れば、生きものたちは時代とともに「進化してきた」ことになる。「古い」ものは亡《ほろ》び、新しい「進化したもの」にとってかわられた。生きものたちの歴史はそれを示しているように見える。

かつては、そのような生きものの歴史をたどる研究が、ナチュラル・ヒストリーだと

思われていた。

その昔、ラジオというものができた。ラジオは音は送れたが、画像を送ることはできなかった。そのうちに、画像を送れるテレビというものができた。当時のテレビは色は送れなかった。けれど、やがてカラーテレビができ、テレビは色つきになった。受像機もブラウン管式から液晶型になった。それとともにデジタル方式になり、今や電波でなく光ファイバーによる送信も可能になった。白黒テレビは姿を消し、ブラウン管受像機もほとんどなくなった。古いものは進化したものにとってかわられたのである。

けれど、生きものはそれほど単純なものではない。

たとえば、イソギンチャクやクラゲは何億年も前にすでにいた。口だけあって肛門がない体で、ちゃんと生きて子孫を残し、繁栄していた。同じクラゲやイソギンチャクなのに色や形や大きさのちがうたくさんの種類ができ、それらが時代とともに入れかわっていった。

しかし、イソギンチャクやクラゲたちのような生きかたをする腔腸《こうちょう》動物という仲間は、今でも世界中の海にたくさんいて、大昔と同じく元気で生きている。

その後、口だけでなく肛門も持つ紐形《ひもがた》動物という仲間も進化してきたが、腔腸動物がそれにとってかわられることはなかった。今、生きものたちの世界では、この二つの動物は、相並んで、それぞれの生きかたで生きている。

だれでも知っているトンボは、昆虫の中でも古くからいる仲間で、二億年ぐらい昔にはもう栄えていたという。そのころには、たとえばチョウはまだいなかった。チョウの食物である花というものが地球上にまだあらわれていなかったからである。チョウの出現は、トンボより少なくとも一億年あとのことだった。

その意味ではトンボはチョウよりはるかに原始的な生きものである。けれどトンボはチョウとはまったくべつの生きかたをしており、トンボがチョウにとってかわられたりすることはなかった。チョウもトンボもいる現在、トンボがチョウを捕らえて食べることはあるが、チョウがトンボを食べることはない。

今われわれが知りたいのは、トンボがどういう生きかたをしているか、チョウがどういう生きかたをしているか、ということである。それを知ろうとするのが、現代のナチュラル・ヒストリーなのだとぼくは思っている。

トンボにもチョウにもさまざまな種類があり、種類ごとに生きかたがちがう。トンボあるいはチョウという仲間の基本的な生きかた——たとえばトンボは幼虫も親も肉食で幼虫は水中にすみ、チョウは幼虫も親も陸上にすんで、一般には植物を食物とし、サナギという時期を経て、親になるとか——があるとともに、それぞれの種の生きかたがあるのである。それを探っていくのは大変ではあるが、自然というものを知るうえでじつに興味ぶかいことである。

植物についても同じことだ。木には木の生きかたがあり、草には草の生きかたがある。そして、一つひとつの種の植物には、それぞれの生きかたがあり、それと他の植物、動物や菌類の生きかたが複雑にからみあっている。

生きものたちがどう進化してきたか、どちらがより進化しているかではなくて、彼らがそれぞれどう生きているかを知ることこそ、現代のナチュラル・ヒストリーなのである。

今なぜナチュラル・ヒストリーか？

考えてみると、科学も技術もずいぶん進歩したものだ。昔は想像もつかなかったような遺伝子のこともわかってきた。昔は思いもしなかったケータイ電話やパソコンを、子どもたちや学生が使いまくっている。何気なくテレビのスイッチを入れれば、世界中の動物や植物の珍しい映像が流れてくる。生物学も進んだものだ。

けれど、もう少しよく思い出してみると、昔の生物学はかなり変なことを考えていた。それは次のようなことだった。

——生きものの体は「細胞」というものからできている。それは動物でも植物でもおんなじだ。ゾウでも虫でも草でも木でも、そして顕微鏡でしか見ることのできない細菌でも、体はみんな細胞からできている。そしてその細胞が生きているから、ゾウも虫も草木も細菌も生きているのだ。

生物学というのは、「生きているとはどういうことか」を研究する学問である。生きているのは細胞なのだから、生物学は動物とか植物ではなくて、細胞の研究をするべきなのだ。世の中にはいろいろな動物がいるし、さまざまな植物があるけれども、生きているという点では皆同じなのだから――。

ぼくらは学校でそのように教わった。

だから中学でも高校でも大学でも、「生物」の授業は「細胞」から始まった。もちろん教科書もそうなっていた。ぼくらが目にしているイヌやネコや花の話はまったくなく、いきなり顕微鏡で細胞を見せられた。

生物学が進歩するにつれて、学校で習うこともどんどんむずかしくなった。むずかしい理屈の好きな人はべつにして、みんな「生物」が嫌いになった。

ぼくも「生物」が嫌いになった。けれどぼくは虫は好きだった。原っぱで小さないもむしを見ると、「お前、何を探しているの？　何のために？」と聞きたい気持ちは変わることがなかった。

そんなぼくに「生物」の先生たちはいった。「そんなこと学問以前だよ。生物学とは生きているしくみを知ることなのだ」

そのたびにぼくはがっかりしたが、「何を？　何のために？」と問うことはやめなかった。

そんな時代が三〇年ほどもつづいたろうか？　世界の生物学は少しずつ変わっていった。

何がどう変わったのか？

それは、動物であれ、植物であれ、生きものたちが生きていることに変わりはないが、その「生きかた」はじつにさまざまだということが、実感としてわかってきたからである。

早い話が生きていくための栄養だ。草木のような緑色植物は、空気中の二酸化炭素を葉っぱから吸い、太陽の光でそれを栄養に変え、それで体をつくって育っていく。

一方、動物はその草木を食物として口から食べる。生きている点では同じでも、生きかたがまったくちがう。これをみんな同じだと考えたら、それこそ学問にはならない！

生きものが生きているのは、自分の子孫を残すためだということも、長い間の議論のすえ、だれもが認めるようになった。けれど、その子孫の残しかたも、これまたじつにさまざまなのである。

卵を産む動物もあれば、苦労して赤んぼを産む動物もいる。生まれた子を親が育てるのもあれば、昆虫のように自分一人で育っていける動物もある。

小さな種子をばらまく植物もあれば、りっぱな果実をつくる植物もある。果実をつくる植物は、それを鳥に食べてもらい、腸を通った種子を糞とともにばらまいてもらうことが多い。そういう植物は、果実の中の種子が熟すまでは、果実は緑色で鳥の目につかず、種子が熟したら赤くおいしくなって、鳥が食べてくれるようにしている。アフリカには、果実がゾウに食べられないと種子が芽を出せないという植物もあるそうだ。一事が万事このとおりで、生きものたちの生きかたは、生きものの種類がちがえば皆ちがうといってもよい。それぞれに自分の生きかた、子孫の残しかたがあるのである。

これは、ある目的を達するために、どのようにしてそれをするかという「戦略」の問題である。生きて子孫を残すためには、じつに驚くほどさまざまな戦略があるのだ。

生きものたちのこの戦略、つまりそれぞれの生きかたを知ろうとするのが現代のナチュラル・ヒストリーである。ナチュラル・ヒストリー的なものの見方こそ、今もっとも大切なことなのだ。当然ながら、そこにはわれわれ人間自身のナチュラル・ヒストリーも含まれている。

人間の文化、動物たちの文化

人間は偉くない

「人間は動物とどこがちがいますか?」動物学をやっているせいか、ぼくはしばしばこう聞かれる。人間というのは、なぜかすごく偉いことになっている。ぼくらは暗黙のうちに「人間は動物とはちがう」と思っているのだろう。たしかに人間とほかの動物はちがう。でも、それはネコがほかの動物とちがうのと同じことだ。ネコがイヌとちがうからといって、ネコがイヌより偉いことにはならない。えさを食べて、育って、子孫を残す。ほかの動物たちとまったく同じである。ただ、生きかたのパターンがちがうだけだとぼくは思う。

地球上にはいろいろな動物がいるけれど、その生きかたは、じつにさまざまである。昆虫には昆虫の生きかたがあるし、魚には魚の生きかたがある。クラゲという動物は口はあるが肛門はない。それでもちっとも不便していない。それがクラゲの生きかたである。アメーバやゾウリムシといった単細胞の生物は、ある意味すごく便利にできている。ただじっとしているだけで、酸素が入ってくる。息をしなくてもいいのだから、こんな便利なことはない。

動物たちのそれぞれの生きかたを、その動物の「文化」と呼ぶことはできないだろうかと、ぼくは考えた。クラゲの文化とか単細胞の文化とか、カバ文化、ライオン文化、昆虫文化といったぐあいである。そう考えれば、人間の文化も何かをつくるというような話ではなく、人間はどう生きているかという話になってくる。

人間はどういう動物か？

では、人間はどういう生きかたをしている動物なのだろうか。いちばん大きな特徴は、人間は自然に手を加え、自然を変えて生きる動物だということだ。あえていうならば、自然を支配して生きているということである。食べものを生産し、家を建て、冷暖房を入れて……。ぼくらはそうやって生きている。そんなことをしている動物はほかにはいない。

そんなことができるのは、人間の脳がすごく発達しているからである。おかげで論理的に考えられるようになった。現実には見えないことも、ぼくらは「こういうことではないか」と考え、その上に論理を組み立てることができる。

ただし、いいことばかりではない。人間は「死」というものを知ってしまった。自分もいずれは死ぬことがわかってしまった。これはショックだった。ほかの動物は自分が死ぬなんてたぶん考えていない。人間だけが死というものを知ってしまい、ものすごく悩んでいる。それに対抗するために、宗教をつくったし、死後の世界があるはずだと考えた。あるはずがないものをそこまでつくり上げるのだから、人間とはすごいものである。逆にいえば、人間だけがそんなことで苦しんでいるのである。

人間は自然界のさまざまな法則性に興味を持ち、一生懸命それを知ろうとしてきた。知ることができたら、今度はそれを使って何かをしたい、何かをつくりたいと思う。こうして科学や技術が進歩してきたのだが、だからといって人間が偉いというわけではないだろう。それはただ、人間という動物の生きかたのパターンにすぎないのだとぼくは思う。

「人間の文化は優れている」とか「人間は動物とはちがう」と考えるのではなくて、動物たちはそれぞれがちがうパターンで生きていることを、ぼくらはまず知る必要がある。イヌを抱っこしてかわいがっているつもりでも、イヌのほうは抱っこされたくないかもしれない。その動物がどういうパターンの動物なのかを知ることが大事なのである。

人間は自然を支配して生きていくようになった。けれどそのために、たくさんの深刻な問題もつくり出してきた。動物たちのそれぞれの生きかたを知ることで、ぼくら人間自身の生きかたも見えてくるのではないだろうか。

遺伝子たちの望み

人間の赤ん坊は必ず人間の大人になる。絶対にチンパンジーにはならない。当たり前のことだが不思議である。オタマジャクシはカエルになるし、モンシロチョウの幼虫はモンシロチョウにしかならない。それは「遺伝的に」そう決まっているからである。

髪の毛が黒いとか、目が青いというのは、突然変異が起これば変わってしまう。しかし、人間の子どもが人間の大人になるということは突然変異で変わることはない。これを「遺伝的プログラム」とぼくは呼んでいる。プログラムをつくっているのはだれかといえば、遺伝子の集団である。

遺伝子たちはとにかく生き残って、増えていきたいと「望んで」いる。そのためには、自分が宿った個体がプログラムどおりにちゃんと育って大人になって、子孫を残してほしいと「願って」いる。近頃の子どもはダメだとか、何十年かしたら今とはちがう人間が出てくるのではないか、という人がいるけれど、そういうものではない。でなければ、一〇〇〇年も前に紫式部《むらさきしきぶ》が書いたことがぼくらにわかるはずがないだろう。

遺伝的プログラムは途中で変わったりはしない。遺伝子はその子がちゃんとした大人になることを願っているのだから、だめになるような子どもをつくるはずがない。その遺伝子の集団がつくる遺伝的プログラムを信用しなさいということだ。

ただし、プログラムがあれば育つのかというと、そうではない。プログラムはプログラムでしかないからだ。順番や筋書きが書かれた入学式の式次第のようなもので、どんな挨拶や祝辞があるのか、話の内容までは決まっていない。プログラムは、それが現実に具体化されなければ意味がない。動物は食べなければ育たない。だから、腹が減ったら食べたくなるとプログラムされている。でも、何を食べるかということは、人間の場合には決まっていない。まわりの人に教わって食べるものを学ぶ。プログラムがうまく進むには、学習が必要なのである。

集団の中で生き、学ぶ

人間が木から降りて草原に出たとき、そこにはライオンやヒョウのような恐ろしい肉食動物がたくさんいた。人間には角もないし、牙もない。鋭い爪があるわけでもない。およそ武器となるようなものを持っていないこの動物が、いったいどうやってそんな恐ろしい場所で生きられたのだろうか。おそらく、人間は一〇〇人、二〇〇人という大きな集団をつくって生活していたのではないか。集団として自分たちの身を守ることで、人間は生きのびてきたのではないだろうか。

集団の中にはいろいろな人がいる。男もいるし女もいる。おじさんやおばさんや年寄りもいる。子どもたちはその人たちがしていることを見て育つ。「へえ、あんなふうにやるとうまくいくんだなあ」と思う。いけないことをしたときには叱られて、「こういうことをやっちゃダメなんだな」とわかる。とにかくたくさんのことを学んでいったはずである。

集団の中で育ちながら学習していく。人間はそういうふうに遺伝的にプログラムされている動物なんだとぼくは思う。怖いアフリカの大自然の中で生き抜いてこられたのは、こうしたプログラムがあったからこそだろう。現代に生きるぼくらにも、このプログラムがちゃんと備わっていると考えてよい。

「学び」の道しるべ

小学校三年生のとき、ぼくは学校の先生たちにいじめられていた。体が弱くて体操がうまくできなかったからだ。「おまえは兵隊にはなれない。そんなやつは日本にとって邪魔だから死んじまえ」と、毎日先生たちにいわれつづけた。父親に話すと「その通りだ」という。四年生になったころぼくは、とうとう学校に行くのをやめてしまった。

本当に死んでしまおうと思うようになったぼくは、学校をさぼって、毎日近くの原っぱに行って虫を見ていた。虫たちをじっと見ていると、みんな一生懸命何かをしている。「何をしているの？」そんなふうに問いかけながら、虫っておもしろいなと思うようになった。昆虫学者になろうとぼくは子ども心に考えた。そうすれば生きていけるかもしれない。

そうこうするうちに、ある日、新しい担任の先生が突然ぼくの家を訪ねてきた。先生は両親の前でいきなりぼくに問いただした。「おまえ、自殺はいいことだと思うか？」ぼくはとっさに、「悪いことだと思います」と答えた。先生は、「悪いと思っていることをなぜしようとするんだ！」とぼくにどなると、父親に、「どうか敏隆君に昆虫学をやらせてあげてください」と頼んでくれた。「昆虫学で飯が食えるか」といっていた父親は先生の迫力におどろいて、思わず、「やらせます」といってしまった。

そのあとで、先生はぼくにいった。「昆虫学をやるからといって昆虫ばかり見ていてもダメだ。まず本をたくさん読まなければいけない。それには国語がいる。その虫が世界のどこにいるかを知るには地理がいる。いつごろから日本にいる虫なのか。それには歴史も必要だ」

なるほどとぼくは思った。それはぼくにとってすごく大事なことだった。昆虫学をやるために、いろいろなことを学びたくなった。

ぼくには自分の軸ができたのである。

ぼくの語学修業

高校生になったぼくは、虫だけでなく、もっと広く動物学をやりたいと思うようになっていた。そのためには英語もいるし、ドイツ語もいる、フランス語もロシア語もいるだろう。ぼくはどんどん外国語を勉強するようになった。たしかに動物学をやるためではあった。でも、もう一つぼくが思ったのは、戦争が終わってこれからは世界中の国に行けるようになるはずだ、そうしたらいろんな国の人に会うだろう、そのときにはやっぱりその国の言葉で女の子をくどいてみたいな、ということだった。

あの戦争のとき、東京大空襲でぼくの家も焼けた。ぼくは秋田県の大館《おおだて》というところに疎開していたことがあった。大館弁はすさまじい東北弁で、全然わからない。ぼくは一生懸命憶えた。憶えると通じるようになる。それがとてもうれしかった。

あるとき、父親と山に薪を取りに出かけた。父親が「このへんの山で松は取っちゃいけない」というから、しかたなくアカシアの枝なんかを拾っていた。そうしたら農家の人がやってきて、いきなりぼくらに、「まっつこ持ってねすか」と聞くのである。ぼくにはすぐわかった。「まっつこ」はマッチだ。「マッチを持っていませんか？」と聞いたのである。ぼくは意地悪かったから、だまっていた。すると父親は「松は取っていない！」といいはった。これはおもしろかった。言葉の勉強はしておくものだなと、そのとき思った。

外国語の勉強は、ぼくにとって遊びのようなものだった。子どもどうしが流行りのアニメなんかを話題にして、「やーい、知ってるか」とやりあって楽しんでいる。それと同じである。遊びで憶えたものは、よく憶えられるものである。

翻訳も引き受けた。フランス語も、得意とはいえなかったロシア語も引き受けた。翻訳をしながら勉強できると思ったからだ。最初からむちゃくちゃに辞書を引くという涙ぐましいものだったが、これは大いに勉強になった。

三四歳のとき、ぼくは生まれてはじめて外国に行った。行き先はフランス。当時パリ大学にいたルネ・ボードワン先生が招いてくれたのだ。

ぼくがフランス語の勉強を始めたのは一七歳。それから独学で勉強して、翻訳の仕事もした。学位論文はフランス語で書いた。ところが、ボードワン先生の家に着いてみたら、当時二〇歳だった長女が話すフランス語がさっぱりわからない。「ひと月ぐらいはフランス語を勉強したの？」なんて聞かれる始末だ。「一七年やっていました」とはとてもいえなかった。でも、毎日話すうちにぼくのフランス語はどんどんうまくなった。フランスでの生活は、それでずいぶん楽しいものになった。

学ぶことはおもしろい

学びとは、結局のところ遊びなのだとぼくは思う。子どもはおもしろがって学ぶものだ。鉄道の駅の名前を憶えるのが大好きな子もいれば、歴史の年号を憶えるのが好きな子どももいる。「なんだろう?」と興味を持って勉強して、「ああ、わかった」と満足感を覚える。それが非常に大事なことだ。学ぶこと自体が好奇心を満たす遊びであり、楽しいことなのである。ぼくにしても、出発点は虫に対しての「何をしているの?」という興味だった。

人間は子どもから大人になる途中で、さまざまなことに出くわし、さまざまなことを学ぶ。食べること一つとっても、これは食べられる、これは毒があるから食べられない、まずそうだけど食べられる、というふうに学ぶことがたくさんある。学ばなければ、ぼくらは何を食べていいかすらわからない。人間にとって学ぶことは、生きていくのにどうしても必要なことなのだ。だから、子どもたちは遊びながら、自分で学びとろうとする。

そのとき大切なのは、学ぶきっかけを教えてくれる人である。ムシャムシャと食べる人がいれば、「ああ、食べられるんだ」とわかる。そういうお手本がまわりにたくさんいることが必要である。よく子どもに「自分で考えろ」という。でも、自分一人で考えたって、たぶん大したことは考えられない。広い意味での「先生」が絶対に必要だとぼくは思っている。「先に生まれた人」がである。近所の八百屋のおじさんだってかまわない。おじさんが葉っぱに水をかけているのを見て、「水をかけると葉っぱがしゃんとするんだな」と思う。「そうやって売るのはインチキじゃないのかなあ」と思うかもしれない。大事なのはきっかけである。

きっかけさえあれば、子どもは案外すっと進んでいける。そうなれば、自分でどんどん学んでいくだろう。何かを教える必要はない。大人はちゃんと生きていればそれでいいのである。子どもはしっかり見ているものだ。そして、そこから大切な何かを学ぶはずだ。

そうして大人になっていく

そもそも、子どもを教育しようということ自体がおかしなことだと思っている。人間の子どもは、自分で学びとるようにできている。もし自分で学ぶことができなければ、遺伝的プログラムはうまく進んでいかない。遺伝子にしてみたら、プログラムどおりに育ってくれないと困ってしまう。だからこそ、「学ぶことは楽しい」とプログラムされているはずなのだ。この遺伝的プログラムを、ぼくらはもっと信用していい。

大事なのは、プログラムがどうやって進んでいくかということだ。人間の大人になることは決まっている。でも、どんなことを学び、どんな努力をし、どんな大人になっていくか。それは人さまざまなのである。

ぼくは、かなりいきあたりばったりに生きてきた気がする。だけど、人生はたいてい曲がりくねっているものだ。その間にたくさんのことを学び、考え、試行錯誤を繰り返す。無駄な学びとか無駄じゃない学びというのはないのではないか。あとになって、あれはくだらないことだったと思うこともたくさんあるが、それはそれでいい。そんなことを繰り返して、だんだん大人になっていくのだろう。ぼくらはそうやって生きているのだ。

あとがき

玉川大学出版部の石井万里子《いしいまりこ》さんから電話があったのは、二〇〇二年のことだった。玉川学園の広報誌『全人』に諸国漫遊記を連載してもらえませんかという依頼である。たしかにぼくは世界のあちこちを訪れているが、いずれも仕事か学会がらみのあわただしい旅であり、とても漫遊というものではなかったので、それは無理だと思った。けれど石井さんはいう。「旅の話ではなくて、そこで先生が気づいたことを書いていただきたいのです」

それならできるかもしれないと書き始めた「ぼくの諸国漫遊博覧記」は、結局ほぼ三年間つづいた。ぼくの外国行きの始まりとなったフランスのルネ・ボードワン先生とのいきさつは朝日新聞滋賀版の「交遊抄」に書いたが、単行本にまとめるにあたってこれも一緒に載せることにした。

じつはぼくと玉川大学出版部との関係の始まりは、かつて二〇巻にわたる玉川児童百科大辞典の第八巻『動物』を堀越増興さんと編集・執筆したことであった。

ぼくはすべての動物の体は細胞でできているなどという当時の生物学とはまったく異なった、ほんとうの動物学らしい動物学の本を作りたかった。つまり、原生動物、海綿動物、腔腸動物、軟体動物、節足動物、脊椎動物などというさまざまな動物が、それぞれどういう論理の体の構造を持ち、その体をどのように使い、どういう生きかたをしているかを示してみようと思ったのであった。

こうしてできたきわめて異色な本は、一九六八年に出版された。そのとき編集部で一緒に苦労してくれた菅家由紀子《すがやゆきこ》さんに今も心から感謝している。

それぞれの動物の生きかたは、その動物の「文化」といえるのではないか？　そして人間の文化もその中の一つと考えるべきではないか？　それがぼくのナチュラル・ヒストリー論であった。このことをよく知っていた石井さんは、「諸国漫遊博覧記」につづいて、これも『全人』に連載してほしいという。ぼくが断るはずはない。

そして四年前の連載開始の当初から、連載にはぜひ奥さんのイラストをというのが、石井さんの念願であった。もちろんぼくは大賛成。妻のキキも大喜びで引き受けてくれた。

手に取ってみるとこの本にも、けっこう長い歴史がある。そしてけっこうおもしろいし、深い考察もあると思う。

石井万里子さん、そしてキキ、ほんとうにどうもありがとう。

二〇〇六年秋

日高敏隆

敏隆・喜久子夫妻。2006年春、京都の自宅の庭で
(撮影／タカオカ邦彦)

解説——ペンを持って、みんなと話す

細馬宏通

久しぶりに『ぼくの世界博物誌』を読んで、なんとも言えず健やかな気分になった。単に気持ちがよくなった、ということではない。日高先生の世界を見るときの態度がとても健やかで、読んでいる自分にもそれが伝わってくる。

わたしが日高敏隆先生のいた京都大学理学部動物学教室第一講座の通称「日高研」に通うようになったのは、大学の学部生の頃、一九八一年のことだった。一九八〇年代日高先生は忙しさの絶頂期で、昼休みにはサンドイッチを頬張りながら、原稿や書類、そして手紙の上でペンを走らせる傍ら、大学院生の相談や秘書とのやりとりに応じていた。国内では日本動物行動学会を起《た》ち上げ、さらにはこの本に書かれているように、ケニアの国際昆虫生理生態学センター（ＩＣＩＰＥ）の理事を務める一方、科学研究費で十年にわたってマレーシアのサバ州（ボルネオ島）での動物調査を行っていた。その他にも国際会議をはじめさまざまな海外出張があり、帰国すると、撮りためたスライドを使ってゼミで帰国発表をされていた。せっかく撮ったフィルムが空港のX線検査で感光してしまい真っ白になったと残念がっていたこともあった。その頃はノートパソコンもパワーポイントもなく、リバーサル・フィルムを使ってカメラで撮影した写真を写真店で現像してもらいスライド枠にマウントしてもらって、それをプロジェクターに仕込んでスライド・ショーをするというのが旅行の報告の定番だった。

この本には、そんな風にして日高先生から直《じか》にきいた話があちこちに入っていて、なんとも懐かしい。

わたしが直接知っている話も、少し書かれている。

一九八七年、なかなか研究が進まなくてくすぶっていた大学院生のわたしを見かねてか、先生はサバ州の調査の教務補佐員に任命して下さり、ひと夏、同行することになった。そこでわたしは初めて「コタキナバルのコピー」を飲んで、その美味《おい》しさにやられてしまった。コンデンスミルクがたっぷり沈殿した上に熱くてちょっと薄いコーヒーを注ぐ「コピスス」（スス＝牛乳）は、陽射《ひざ》しで消耗した体に染み渡るように甘い。いまでは「ベトナムコーヒー」として知られており、日本でも飲めるけれど、やはり熱帯で飲むのがいいと思う。

書かれていない話も、いくつかある。

わたしは当初、当時研究していたシャクガの幼虫を捕まえるつもりで同行したのだが、あいにく季節がよくなかったのか、あちこちで樹《き》を叩《たた》いて虫を集めても、はかばかしい結果が得られなかった。しかたなしに昼休みに店でコピススを飲みながら外を眺めていると（安い店にはたいてい壁がなかった）、サッカー場の芝生の上に赤いトンボが、まるで蚊柱のようにわんわん集まっているのが見えた。これはどうかしていると思って、先生に、トンボに鞍替《くらが》えしてもいいですかと尋ねてみた。普通なら、貴重な海外調査の機会にそんな無計画なことではいかんと大目玉のひとつも食らうところだが、日高先生からはあっさり、いいよ、と言われた。それでその日の午後からは、サッカー場に通うことにして、ナンヨウベッコウトンボという、コタキナバルにたくさんいるトンボを捕まえては翅《はね》に番号をつけて、どのオスが芝生のどこに陣取っているか出席表をつける作業に没頭した。

夜になると、調査から帰ってきたメンバーで中華料理店に繰り出して、アンカー・ビールを飲み、料理を食べながらその日の成果を話し合った。アヤム（鳥）料理もあれこれ食べたけれど、日高先生は、昔は地鶏でもっと美味《うま》かったのになあと首を傾《かし》げていた。このことは「コタキナバルのコピー」に書かれている。

パサール（市場）には毎夜屋台がずらりと並んでいて、そこでも買い食いができるのだが、わたしが興味を持ったのは「カセット屋台」が鳴らす大音量のマレーシア、インドネシアの流行歌だった。木製の台一面に並べられたカセット、そのほとんどは粗末なコピーのラベルを貼ったもので、一本一〇〇円ほど。客は、買う前に主人に試し聴きを頼む。しかし、じつは一曲聴いて結局買わない、という人が多くて、結果的に、屋台のスピーカーはヒット曲をリクエストするパサールの場内放送になっていた。わたしはあちこちの店で粘って何本も試し聴きして、それだけでは嫌がられるのでいくつかカセットを買って、トンボの調査中は持参したウォークマンで聴きながら出席表をつけた。調査が終わる頃にはカセットは一〇〇本以上になっていた。

日高研では、年に何度か「ディスコ」と称して、歴代の教授の肖像画がかかった動物学教室の古い会議室で、音楽をかけて踊りまくるというのをやっていたが、そこでもマレーシアやインドネシアのカセットをかけた。とりわけサバ州の先住民族出身で「カダザンのトム・ジョーンズ」と呼ばれていたジュスティン・ルサーは調査隊メンバーのお気に入りで、高い橋の上から靴を落としてしまったというユーモラスなナンバー「ジャンバータン・ド・タンパルリ」がかかると日高先生もフロアに出て踊り出した。まだ、九〇年代のワールド・ミュージックの流行が起こる前のことだ。

帰国後、わたしは、昆虫ではなくて人間の行動に興味が移って、そういえば日高先生の持論は、ヒトは「動物＋α」ではなく、動物界の一員である、ということだったから、動物行動学の教室でヒトという動物を研究する、という理屈が通るかもしれないと思って、これからはヒトの行動の研究をしようと思うのですが、と相談すると、これまたあっけなく、いいよ、と言われた。以来人間の行動を研究し続けて今に至っている。

わたしが日高先生から言われたことばのベスト3は、「いいよ」「これ知ってる？」「それどういうこと？」だ。怒られたのは、まだ学部生の頃、雑談の最中に、共用の炊事場にたかったハエに閉口して殺虫剤をかけまくったという話をしたときに「ぼくはそういうのは好きじゃないな」と憮然《ぶぜん》とされたときくらいだったと思う。のちに先生と飲みに行ったとき、ショウジョウバエが寄ってきたのを見て「ほらほら、ここに酒がこぼれてるから勘づいたね」と嬉《うれ》しそうにしておられたので、わたしはハエに対する自分の態度が全くもって「ナチュラル・ヒストリー」を志す者にそぐわなかったと、大いに反省した。

日高先生は、話の場を作ることにも、あれこれ力を尽くされた。一九九一年には日本で初めて国際動物行動学会議（ＩＥＣ）を主催して、日本に多くの研究者が招かれた。ＩＥＣではそれまで、国際交流を促進するためと称して開催国の参加者数を制限したり、学術的レベルを保つために大学院生の参加枠を制限していたけれど、日高先生はこれを全部撤廃した。結果的には国内の若手の研究者が多数集まり海外の研究者と交流するまたとない機会を得た。わたしも人間行動学のミーティングやラウンドテーブルを催して、動物行動学者のみならず文化人類学者や発達心理学者と話し合い、方法論の違いをあれこれ議論した。これは今日に至る糧になっている。

そのとき来日したあるフランスの研究者に、先生が会わせて下さったので、ボンソワールと自己紹介したら、あちらでは、Hを発音しないものだから、先方がわたしの名前を何度唱えても、「ヒロミチ・ホソマ」ではなく「イロミチ・オソマ」になった。先生にはこのやりとりがよほどおかしかったのか、その後、雑談でフランス語の話になるたびに、「イロミチ・オソマ」の話が出た。のちに、「ボードワン先生とぼく」を読んで、あ、と気づいた。日高先生を招いたボードワン先生もまた、ヒダカのHを飛ばしてイダカと呼び、あまつさえ、綴《つづ》りまでHを飛ばしてIdakaと記したとあるではないか。そうか、先生もだったのか。自分はまだまだナチュラル・ヒストリー魂が足りないなと思った。「日高先生は『なぜ』この話がそんなにおもしろいのですか？」ときけば、直接、ボードワン先生とのやりとりを話してもらえたかもしれなかったじゃないか。

一九九五年に滋賀県立大学の初代学長に就任されたあとも、日高先生は学長室にじっとしているような人ではなく、国内のみならず、モンゴルとの学術交流や中国の雲南省での調査など、幾多の海外出張に赴かれた。わたしも同じ時期に滋賀県立大学で教員になったのだが、先生は学生と話す方が楽しいと言って、昼は学長室ではなく、学食で食事をとることが多かった。ゼミ生が「この前、学長とご飯を食べながらおしゃべりしました！」と興奮気味に話してくれたこともある。この大学で日本動物行動学会の大会を開いたときは、もちろん夜はディスコになった。

本書を読まれた方にはおわかりの通り、日高先生が語る「世界の博物誌」の多くは、その地で出会った人と語り合ったことに基づいている。ボードワン先生がそうであったように、日高先生もまた、歩いて自分の目で見て耳できいたその経験へと、読み手を誘《いざな》う。

「フランス式フランス料理」には「フランスの子どもが家庭できびしく教わるのは、『食事のときは、左手にパンを持って！』ということと、『だまって食べずにみんなとお話しなさい』ということだけ」とある。いかにも日高先生らしいなあと思う。先生が亡くなったあと、滋賀県立大学で、先生の著作や翻訳を一室に集める展示をやったのだが、ずらりと並んだ多様な分野の書籍は圧巻だった。日高先生はとにかく時間があると原稿の前でペンを持って、人の前ではたくさん話をした。それは、さまざまな動物に「なぜ？」と問いかけて、行動を追いかける態度と同じだった。

亡くなられてずいぶん経《た》つけれど、本とは不思議なもので、先生のヒトや動物に対する態度が、現在形で浮かび上がってくる。

先生は、じつに健やかだ。


（ほそま・ひろみち　早稲田大学教授）

本書は、二〇〇六年十一月、玉川大学出版部より刊行されました。

初出
「ぼくの諸国漫遊博覧記」　「全人」二〇〇二年四月号〜二〇〇五年五月号
「交遊抄――ボードワン先生とぼく」　「朝日新聞」滋賀版一九九六年九月〜十一月
「ぼくの博物誌」　「全人」二〇〇五年六月号〜二〇〇六年四月号
「人間の文化、動物たちの文化」　「全人」二〇〇六年七月号

本文イラスト　ＫＩＫＩ（日高喜久子）

日高敏隆の本

世界を、こんなふうに見てごらん

動物行動学者が、生きものと自然のユニークで新鮮な見方を、子どもでもわかる言葉でシンプルに伝える。21世紀に生きるすべての人々に贈る、やさしい自然の魅力発見の書。

集英社文庫　目録（日本文学）

備瀬哲弘　精神科ER　緊急救命室
備瀬哲弘　うつノート　精神科ERに行かないために
備瀬哲弘　精神科ER　鍵のない診察室
備瀬哲弘　大人の発達障害　アスペルガー症候群、AD/HD、自閉症が楽になる本
備瀬哲弘　精神科医が教える「怒り」を消す技術
備瀬哲弘　もっと人生ラクになるコミュ力UP超入門書
日髙敏隆　世界を、こんなふうに見てごらん
日髙敏隆　ぼくの世界博物誌
一雫ライオン　小説版　サブイボマスク
一雫ライオン　ダー・天使
一雫ライオン　スノーマン
日野原重明　私が人生の旅で学んだこと
響野夏菜　ザ・藤川家族カンパニー　あなたのご遺言、代行いたします
響野夏菜　ザ・藤川家族カンパニー2　ブラック婆さんの涙
響野夏菜　ザ・藤川家族カンパニー3　漂流のうた
響野夏菜　ザ・藤川家族カンパニーFinal　嵐、のち虹

氷室冴子　冴子の母娘草
姫野カオルコ　みんな、どうして結婚してゆくのだろう
姫野カオルコ　ひと呼んでミツコ
姫野カオルコ　サイケ
姫野カオルコ　すべての女は痩せすぎである
姫野カオルコ　よるねこ
姫野カオルコ　ブスのくせに！　最終決定版
姫野カオルコ　結婚は人生の墓場か？
平岩弓枝　釣女　花房一平捕物夜話
平岩弓枝　女櫛　花房一平捕物夜話
平岩弓枝　女のそろばん
平岩弓枝　女と味噌汁
平松恵美子　ひまわりと子犬の7日間
平松洋子　野蛮な読書
平山夢明　他《ひ》人《と》事《ごと》
平山夢明　暗くて静かでロックな娘《チャンネー》

平山夢明　あむんぜん
広小路尚祈　今日もうまい酒を飲んだ　～とあるバーマンの泡盛修業～
ひろさちや　現代版　福の神入門
ひろさちや　ひろさちやの　ゆうゆう人生論
広瀬和生　この落語家を聴け！
広瀬隆　東京に原発を！
広瀬隆　赤い楯　全四巻
広瀬隆　恐怖の放射性廃棄物　プルトニウム時代の終り
広瀬隆　日本近現代史入門　黒い人脈と金脈
広瀬正　マイナス・ゼロ
広瀬正　ツィス
広瀬正　エロス
広瀬正　鏡の国のアリス
広瀬正　T型フォード殺人事件
広瀬正　タイムマシンのつくり方
広谷鏡子　シャッター通りに陽が昇る

集英社文庫

ぼくの世界博物誌《せかいはくぶつし》

2023年7月30日　第1刷　　定価はカバーに表示してあります。

著　者　日高敏隆《ひだかとしたか》

発行者　樋口尚也

発行所　株式会社　集英社

東京都千代田区一ツ橋2-5-10　〒101-8050

電話　【編集部】03-3230-6095

【読者係】03-3230-6080

【販売部】03-3230-6393（書店専用）

印　刷　中央精版印刷株式会社　株式会社美松堂

製　本　中央精版印刷株式会社

フォーマットデザイン　アリヤマデザインストア　　マークデザイン　居山浩二

ISBN978-4-08-744547-3 C0195